姉妹の絆

公家武者 信平《のぶひら》(十三)

佐々木裕一

講談社

目次

『公家武者 信平』の主な登場人物

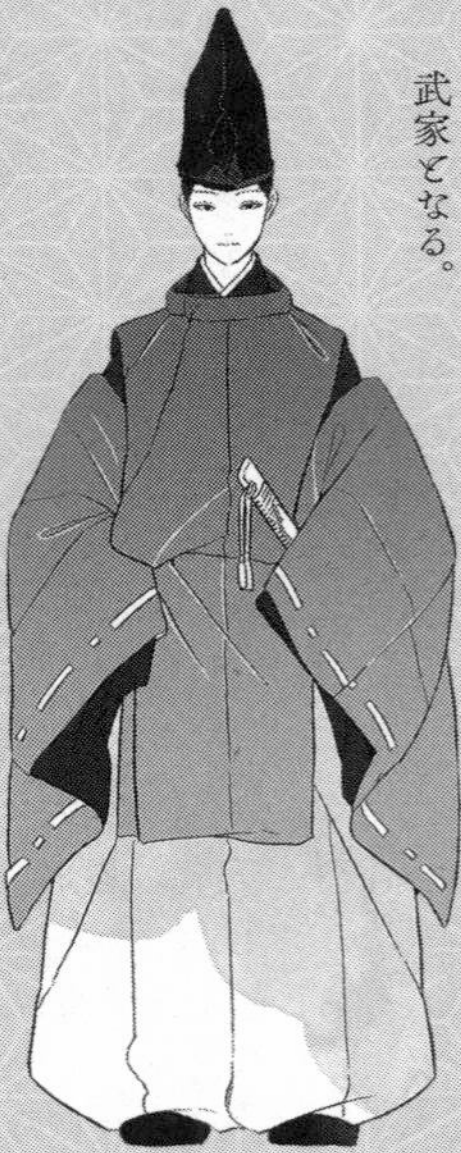

◉鷹司《たかつかさ》松平《まつだいら》信平《のぶひら》

家光《いえみつ》の正室・鷹司孝子《たかこ》（後の本理院《ほんりいん》）の弟。
姉を頼り江戸にくだり
武家となる。

◉松姫《まつひめ》

徳川頼宣《とくがわよりのぶ》の娘。
将軍・家綱《いえつな》の命で信平に嫁ぐ。

◉信政《のぶまさ》

信平と松姫の一人息子。
元服を迎え福千代から改名し、
修行のため京に赴く。

◉五味正三《ごみしょうぞう》

北町奉行所与力。
ある事件を通じ信平と知り合い、
身分を超えた友となる。

◉**お初《はつ》**　老中・阿部豊後守忠秋《あべぶんごのかみただあき》の命により、信平に監視役として遣わされた「くのいち」。のちに信平の家来となる。

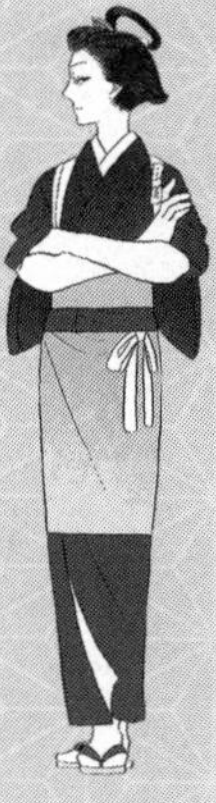

◉**葉山善衛門《はやまぜんえもん》**　家督を譲った後も家光に仕えていた旗本。家光の命により信平に仕える。

◉**道謙《どうけん》**　公家だった信平に、京で剣術を教えた師匠。信政を京に迎える。

◉**四代将軍・家綱《いえつな》**　本理院を姉のように慕い、永く信平を庇護する。

◉**江島佐吉《えじまさきち》**　「四谷の弁慶」を名乗る辻斬りだったが、信平に敗れ家臣になる。

◉**千下頼母《せんげたのも》**　病弱な兄を思い、家に残る決意をした旗本次男。信平に魅せられ家臣に。

◉**鈴蔵《りんぞう》**　馬の所有権をめぐり信平と出会い、家来となる。忍びの心得を持つ。

イラスト・Minoru

姉妹の絆——公家武者 信平《のぶひら》（十三）

第一話　美しき骸《むくろ》

一

　宝刀狐丸《きつねまる》の刃文は、雪山の稜線《りようせん》を連想させる。染みひとつなく、清流の水面のごとく磨かれた刀身を見つめていた鷹司松平信平《たかつかさまつだいらのぶひら》は、数多《あまた》の戦いを共にした愛刀に感謝の念を込め、鶯色《うぐいすいろ》の鞘《さや》に滑らせて納めた。刀掛けに置いて膝《ひざ》を転じた時、月見台に渡る妻がいた。

　松姫《まつひめ》から茶に誘われていた信平は、自室を出て月見台に渡った。

　緋毛氈《ひもうせん》に座して待っていた松姫が、穏やかな笑みで迎えてくれる。

「今日は雨になるかと思うたが、晴れてよかった」

　声をかけながら、松姫の横に座した信平は、空を見渡した。

昼までは雨雲が垂れこめていたが、一刻（約二時間）のあいだに雲が流れ、どこまでも澄み渡っている。松姫が茶碗《ちゃわん》を置いてくれた時に鼻をくすぐったほのかな香りに、信平は微笑《ほほえ》む。

「良《い》い香りじゃ」

松姫は、そっと打掛《うちかけ》の袖を嗅《か》ぎ、明るい笑みを浮かべる。

「黒方《くろほう》が移ったのでしょう」

香道を好む松姫にうなずいた信平は、黒茶碗を手に取り、ゆっくり楽しんだ。

松姫が庭を眺《なが》めながら、穏やかな面持ちで言う。

「もみじが、良い色になりました」

「うむ。大きくなり、枝ぶりが良いな」

こうして松姫とゆっくり過ごせるのが、己《おのれ》にとって何よりの幸《さいわい》だと、信平は改めて思うのだった。

今の江戸は、銭才《せんさい》（下御門実光《しもみかどさねみつ》）との長い戦いなどなかったかのごとく穏やかで、武家も町の者たちも、慎《つつ》ましく暮らしている。

城の修繕普請ははじまっているが、元の美しい姿に戻るまでには数年かかるという。

将軍家綱《いえつな》の配慮で、登城の役目を新年まで免除された信平は、毎日のように訪ねてくる五味正三《ごみしょうぞう》から町の様子を聞きながら、赤坂《あかさか》の屋敷《やしき》でゆるりと過ごしているのだ。

この穏やかな暮らしが、永久《とわ》に続いてほしい。

松姫が手を重ねてきた。信平が顔を見ると、不安そうな面持ちをしている。

「いかがした」

「何か、考えごとですか」

「いや。そなたとこうしていられる喜びを、嚙《か》みしめていた」

松姫が手に力を込めてきた。

「傷が痛むのではありませぬか」

心配させていたのだと思った信平は、微笑んで首を横に振る。

「案ずるな。痛みは少しも残っておらぬ。それより、次は麿《まろ》が茶を点《た》てよう」

恐縮する松姫と場所を入れ替わった信平は、宇治《うじ》茶の味を損なわぬよう点て、茶碗を差し出した。

飲み干した松姫が、懐紙《かいし》で茶碗を拭って返すのを引き取り、ふと思い出し、西の空を見上げる。

「今朝、師匠から文が届いた。信政《のぶまさ》は、来年の春には山を下りるそうだ」

「では、剣術の修行が終わるのですか」

「いや、信政は麿と違い、この鷹司松平家の嗣子《しし》。ゆえに師匠は、山に籠《こ》もってばかりではなく、学問をさせたいようだ」

松姫はなんとも言い難《がた》い顔をしている。

「不安か」

「京のどこで、学ぶのでしょうか」

「師匠からの文には、案ずるな、とだけ書かれていた」

道謙《どうけん》らしいと笑った松姫は、どうやらそこまで心配していないようだった。むしろ、己のほうが心配していることに気付いた信平は、母親の肝《きも》の太さを見た気がして、頬《ほお》をゆるめずにはいられない。

屋敷のほうから、にぎやかな笑い声がした。五味が来たのだと思い見ていると、庭に入ってきた五味が、江島佐吉《えじまさきち》と何やら嬉《うれ》しそうにしゃべり、また笑っている。

信平と松姫が見ているのに気付いた五味が、

「あ、信平殿、そこにおられましたか」

庭を駆け寄り、松姫に頭を下げる。

「奥方様、昨日ぶりにご尊顔を拝します」

真面目に言って頭を下げるものだから、松姫は声に出して笑った。

五味もにんまりとおかめ顔を崩しているが、左の頬に当てた手を下ろそうとしない。

信平は薄々分かっていたが、松姫は不思議に思ったようだ。

「五味殿、頬をどうされたのです」

「あはは」

笑って誤魔化《ごまか》す五味に代わって、佐吉が答える。

「例によって、お初《はつ》殿に叱られたのですよ。仲がよろしいことです」

松姫は、納得したようだ。

「今日は、何をしたのです」

「いや、わたしがいけないのです」

「それは分かっていますとも」

こう返す松姫に、五味は笑った。

「お初殿がいつになく、何かに夢中になっていたように見えましてね、ちょっと驚かせてやろうと思って近づいた時に、急に振り向かれたものですから、当たってしまったのですよ」

五味が手を下ろすと、松姫が痛そうな顔をした。

「見事なもみじじゃ」

信平が庭の木とくらべて口にすると、五味は笑った。

「身体《からだ》に当たっただけで、そんなに……」

松姫が気の毒そうに言うと、五味は、いやあ、と答え、己の手の平を見て、うっとりしている。

五味の後ろにいる佐吉が、己の胸を手で示し、お初の胸に当たったのだと教えたものだから、松姫は大きくうなずいて見せた。

「それは、仕方ないですね」

「わざとじゃないのですよ。偶然です偶然」

五味は松姫に弁解したが、顔にはまったく締まりがない。

信平は、松姫と顔を見合わせて笑い、上がるよう誘った。

遠慮なく月見台に座した五味は、信平が差し出した茶碗を作法正しく取り、一息ついた。

そして、茶碗を返しながら告げる。

「ところで信平殿、先日、たまには外に出かけたいとおっしゃっていたでしょう」

「ふむ」

「青山《あおやま》を少し西に行ったところに、教松院《きょうしょういん》という寺があるのですが、ご存じですか」

青山は屋敷から近いが、信平は初めて聞く名だった。

「初耳だ。松はどうか」

「存じませぬ」

佐吉も知らぬというと、五味は得意満面の顔つきになった。

「噂《うわさ》を聞いて、ここに来る前に行ってきたのですが、奥方様に是非《ぜひ》とも見ていただきたい」

「何をじゃ」

「銀杏《いちょう》です。火事の延焼に備えて門前通りに植えたのがはじまりだそうですが、五十年を経て百本の銀杏並木通りとなっておりましてな。いい色に色づいて、見ごろですよ」

「銀杏か。それはよいな。松、久しぶりに、出かけようぞ」

「はい」

「では、今からはどうじゃ」

松姫は、急だと思ったのだろう。空を見上げた。

信平も見上げて、改めた。

「日が暮れてしまうな。明日にいたそう」

「はい」

「五味、共にどうじゃ」

「そうしたいところですが、これから奉行所に戻って、宿直《とのい》なのですよ」

「お初も共にと思うたが、合わぬなら、明後日《あさって》にいたそうか」

「明後日はあいにく、お奉行の供を命じられておりまして。いいんです。お初殿は日を改めて誘ってみますから、見ごろのうちに行ってください」

気を遣っているのだと察した信平は、明日行くことにした。

「忙しいところを、わざわざ教えにきてくれたのか」

「いえいえ、ついでですよ。お茶をごちそうさまでした。また来ます」

五味はそう言って、嬉しそうに帰っていった。

「あの様子だと、わざわざ来てくれたな」

信平が言うと、五味の背中を目で追っていた佐吉が顔を向けて告げる。

「町奉行所の連中は、銭才一味の残党を警戒するよう命じられているそうですが、それらしい影はなく、あるといえば町の者たちの小さな揉《も》めごとだけで、安堵《あんど》しているようです」

「それは何より。このまま穏やかな日々が続いてくれるのを祈るばかりじゃ」

「はい」

佐吉は頭を下げて去ろうとしたが、思い出したように振り向いた。

「そういえば、ご老体のお姿がありませぬが、ご実家ですか」

「いや。善衛門《ぜんえもん》は上様の思し召《おぼめ》しにより登城した。今日はその足で、実家に泊まるそうじゃ」

「何ごとでしょうか」

心配そうな佐吉に、信平は首を横に振る。

「善衛門が何も言わぬということは、葉山《はやま》家についてであろう。甥御《おいご》の正房《まさふさ》殿に、ご加増でもあったのではないか」

銭才との戦いで正房も奮戦しているだけに、佐吉は納得した面持ちで顎《あご》を引いた。

「それは、めでたいですね」

そう告げた佐吉は、穏やかな笑みを浮かべて下を向いた。

信平は、佐吉の顔がどことなく、寂しそうに見えた。

「佐吉、禄《ろく》を上げてやれず、許せ」

佐吉は目を見張った。

「何をおっしゃいます。それがしは、今でも過分なるお引き立てと思うておりまする。まさか殿、若年寄《わかどしより》をご辞退なされたことを、気にしてらっしゃるのですか」

「いいや」

即答すると、佐吉はうなずいた。

「それでこそ殿。では、庭の手入れに戻ります。奥方様、ご無礼つかまつります」

頭を下げる佐吉に、松姫は微笑んで応じた。

「殿！」

大きな声に、佐吉が不思議そうな顔を屋敷に向けた。

「ご老体ですぞ」

信平が松姫と見ていると、廊下の角を曲がった善衛門が月見台にいるのを確かめ、

「おお、そこにおられましたか」

足を速める。

こころなしか嬉しそうに思えた信平は、座して頭を下げる善衛門に、先に声をかけた。

「葉山家に喜びごとがあったのか」

「おかげさまで、正房めには過分なる二千石を賜《たまわ》り、都合四千石とあいなりました。そして俸禄《ほうろく》に見合う、書院番頭《しょいんばんがしら》を拝命いたしました」

「では、諸大夫《しょだいぶ》になられたか」

「はい」

「それはめでたい。正房殿の前途は洋々であるな」

「殿の獅子《しし》奮迅《ふんじん》の働きがあってこその出世にござれば、正房が是非とも、お礼に上がりたいと、あれに控えてござる」

善衛門が示す廊下を見れば、正房がいた。

平伏《へいふく》する正房に目を細めた信平は、佐吉を促《うなが》す。

応じた佐吉が、正房を月見台に連れて来た。

改まる正房に楽にするよう告げた信平は、松姫と話し、諸大夫への出世を祝うべく、酒宴を開くことにした。

正房が善衛門に何か言おうとしたが、

「あとでよい」

告げた小声が、信平の耳には届かなかった。

急ぎ酒宴の支度が調《ととの》えられ、信平の家来たちが集まった。

信平と松姫が揃《そろ》って皆の前に出て、今日の主役である正房を上座に促した。

恐縮する正房が固辞し、善衛門の隣から動かぬ。すると、善衛門が信平の前に来て、居住まいを正した。

「殿、この酒宴は、殿のためですぞ」

「意味が分からぬ」

「大事なお話がございます」

信平は松姫と顔を見合わせた。

「改まって、いかがした」

「実は本日上様に召し出されましたるは、正房の件ではなく、殿のことにございました。これを……」

懐《ふところ》から出して差し出したのは、公儀からの書状だ。

手にした信平に、善衛門が拳をついて頭を下げた。

「おめでとうございます!」

善衛門の大声に、佐吉をはじめ、家来たちが注目している。

正房は内容を知っているらしく、明るい顔で、信平が開くのを待っている。

書状に目を通した信平は、善衛門に問う。

「麻布《あざぶ》鷹司町を与えるとあるが、江戸にそのような町があるのか」

「いえ。上様が名付けられた土地にございます」

「では、別邸をくださるのか」

「別邸ではなく、町にございます。御公儀が作られた町ですが、それを、殿にお与えくだされたのです。これはある意味、大きなご加増ですぞ。町で商売をしておる者たちから税を取らぬかわりに、土地の使用料が入ります。二万石の領地を賜るよりは、こちらのほうがよかったかもしれませぬ」

善衛門から教えられた土地は、かつて大名の広大な下屋敷《しもやしき》があった場所。

御家は世継ぎ問題で改易《かいえき》になり、公儀はその跡地を長らく放置していたが、大火に備えて空き地にするべく、土地を召し上げた商家のために、町家にしていたのだ。

信平は、実入りのことよりも、改易となった大名を思い出していた。

城でも幾度か言葉を交わしたことがある大名が急逝《きゆうせい》したのは、五年前のこと。

二十五の若さで、まだ子に恵まれていなかったこともあり、分家の腹違いの兄弟が跡継ぎになろうとしたのだが、公儀は認めず改易にしたのだ。

二十万石の譜代大名だっただけに、改易は厳しすぎるという声があるいっぽうで、腹違いの兄弟の素行が悪く、本家の領民から物や娘を奪うなどしていたことが公儀の知るところとなり、改易を同情する者たちは口を閉ざしたのだ。

「亡き下月左京亮《しもづきさきょうのすけ》殿に、申しわけない気がする」

信平は、つい本音をこぼした。国許《くにもと》で落馬して首の骨を折った若き藩主は、庭の美しさが自慢だった下屋敷が町に変わってしまうとは、思いもしなかっただろう。

名君と聞いていただけに、下月左京亮の爽《さわ》やかな顔を目に浮かべた信平は、胸の中で手を合わせた。

善衛門が身を乗り出すように告げる。

「殿のお気持ちはよう分かりますが、下月家のことはお忘れになってください。町の者たちは、殿があるじになると知り、大喜びしているのですから」

信平は善衛門を見た。

「町に行ったのか」

「いえ。上様から聞きました。殿のことゆえ左京亮に遠慮するであろうから、余の気持ちを受け取ってほしいとの、仰《おお》せにございます」

家綱の心遣いに、信平は胸が熱くなった。

「あい分かった。ありがたくいただき、これからは、町の民のために励むといたそう」

「では明日、名主《なぬし》と会《お》うてまいります」

「うむ。頼む」

「はは」

善衛門は笑みを浮かべて下がり、佐吉たち家来のところに座した。

信平は、喜ぶ家来たちを見ながら、松姫の酌《しゃく》を受けた。

「まさか、町をいただくとは思いもしなかった」

「父上が、草葉の陰で喜んでおられましょう」

亡き舅《しゅうと》、徳川頼宣《とくがわよりのぶ》を想《おも》う信平は、松姫の笑顔に応じて頬をゆるめ、盃《さかずき》を口に運んだ。正房に酒をすすめ、城の様子などを聞いた信平は、修復が進んでいる様子に安堵し、世の安寧《あんねい》を願った。

二

「銀杏が色づいて、とても美しゅうございますね」

「五味が申すとおりであったな」

「はい」

信平と松姫は、銀杏並木をゆっくり歩きながら、久しぶりの外歩きを楽しんだ。

「こうして二人で歩くのは、いつぶりでしょうか」

問われて、信平は記憶を辿《たど》る。

「本理院《ほんりいん》様の霊廟《れいびょう》に参じた時か」

松姫は微笑んだ。

「その折は、糸《いと》がおりました」

「では、京に発《た》つ前になるな。ずいぶん遠い昔のように感じる」

松姫が、そっと手をにぎってきた。

何も言わずとも、優しさが伝わった信平は、頭から消えぬ銭才との死闘はしばし忘れることとして、銀杏の大木のそばにある長床几《ながしょうぎ》に誘い、二人並んで座した。

早朝のためか、他に人の姿はなく、銀杏の落ち葉で染まった道を見ていると、気持ちが安らかになる。一匹の三毛猫が、正面の木から降りてきた。信平と松姫をじっと見ていたが、松姫が手を差し伸べると、可愛《かわい》らしい姿に見合う声で鳴きながらゆっくり近づき、指の先を嗅いで頭を擦《こす》り付け、甘えている。

猫なで声とは、こういうことかと思えるほどに、松姫は優しく声をかけて戯《たわむ》れている。

一時なでてもらって満足したのか、猫は向きを変えたかと思うと、他に興味を示した風に走り去っていった。

目で追っていた信平だったが、猫は茂みに入り、姿が見えなくなった。

「姿が良い猫であったな」

「はい。まだ若いのでしょう。飼い猫らしく、赤い細糸が首に巻かれていました」

毛で見えなかった信平は、猫が去ったほうをもう一度見た。

「あのような猫を、飼いたいか」

「殿は、いかがですか」

殿と呼ばれて、信平は松姫を見た。松姫は至極《しごく》当然と思うているのか、どうしたのかという面持ちをしている。

「『殿』は、どこかよそよそしく聞こえる」

松姫は笑った。

「糸が、そろそろ御家柄に見合う呼び方をしたほうがよいと申しますから」

「町を拝領したからか」

「糸は、もう旗本ではなく大名も同然と、思うているようです」

「大名か。確かに、都合一万石を超えたと、善衛門も申していた。だが麿は、これ以上は望まぬ。大名には、そなたの血を引く信政の代になればよいと思うている」

信平の気持ちを分かっている松姫は、優しい笑みを浮かべてうなずいた。

「でも、殿と呼ばせていただきます」

他愛《たわい》のない会話に二人は声に出して笑い、信平は先に立って、手を差し伸べた。

「では奥方様、まいりましょう」

「まあ」

返す信平に、松姫はまた笑った。

手をにぎり、二人だけの銀杏並木をゆっくり歩んで景色を楽しんでいた信平は、背後から近づく気配に足を止めて振り向いた。すると、赤い着物を着たおかっぱ頭の女児が、泣き疲れたような顔で松姫に駆け寄って袖を引き、銀杏の先を指差した。

松姫がしゃがんで女児の目線に合わせ、どうしたのかと問うも、何かに怯《おび》え、不安そうな顔をしている。

まだ幼い女児は、何か言おうとするが言葉が出ず、無言で袖を引く。

「ついて来てほしいの」

松姫が問うと、女児はこくりとうなずいた。

信平は、女児が指差す先を見たが、小道があるのみで先は見えぬ。様子から、ただごとではない気がした信平は、松姫と共に、女児に付いて行った。

茂みの中の小道を曲がった先には、小さな観音堂があった。女児は観音堂の前を横切り、裏手に回ってゆく。

追っていくと、草の中に女が倒れていた。

亡き者と直感した信平は、松姫を止め、小道に向かって声をかける。

応じて現れたのは、付かず離れず警固《けいご》していた佐吉たち家来だ。

信平は、松姫と女児を守らせ、あたりを探った。曲者《くせもの》が潜《ひそ》んでおらぬのを確かめ、倒れている者に近づく。

空《そら》に向けられた目は開いたままで、瞳は油を塗ったように輝きがある。薄化粧をしており、歳《とし》は三十前後か。小川に浸された左手首には深い傷があり、血はもう流れていない。いっぽうの右手は胸に置かれ、刃物をにぎっていない。

鶴と松の刺繍《ししゆう》が見事な打掛の下は、白い長襦袢《ながじゆばん》。乱れはなく、美しき骸だった。髪も結《ゆ》っておらず、長襦袢のみで小袖を着けていないところから、信平は、昨夜から外にいたのだと推測し、刃物を探した。近くにはなく、小川に目を向けると、流れの中に見つけた。

信平はふたたび、骸を見下ろす。その姿は、女児を胸に抱いていたようにも見える。手首を傷つけたのちに、子供の手に触れないよう川に投げたのだろう。

流れの中にある刃物を見た信平は、観音堂に戻った。

何があったのか、女児に問おうにも、松姫の後ろに隠れて怯えるばかり。

松姫が信平に代わって母かと問うと、僅《わず》かに顎を引いた。

佐吉が口を開く。

「殿、見たところ、ここは寺地ではないようですから、自身番《じしんばん》の町役人を連れてまいります」

「近くの門前町にあるはずだ。急げ」

「はは」

佐吉は山波新十郎《やまなみしんじゅうろう》を連れて走り去った。

小暮一京《こぐれいっけい》と鈴蔵《りんぞう》が周囲を警戒する中、信平は松姫と共に、女児を見守った。恐ろしい目に遭ったのか、青白い顔をして震えている。

松姫が打掛にくるんでやると、女児は下を向いて、小さな唇を嚙みしめた。

佐吉と新十郎は、程なく戻ってきた。

小者を四人連れた四十代の町役人は、信平と聞いて急いで来たらしく、息を切らせながら、恭《うやうや》しく頭を下げて名乗った。そして、眉尻を下げて告げる。

「鷹司様、せっかく銀杏並木をご覧にお越しいただいたというのに、とんだことになり……。殺しでしょうか」

「麿が見た限りでは、自ら命を絶ったように思える。武家の者だが、この場は町方の受け持ちであろうと思いご足労願った」

「ご丁寧《ていねい》に、恐縮でございます。このあたりは御天領でございますが、町奉行所の受け持ちではなく、お代官様が守られてございます。あとは、手前どもにおまかせくださりませ」

信平は応じて、幼子も託そうとしたが、女児は怖がり、松姫から離れようとしない。

しがみ付く女児を抱いてやった松姫が、信平に切り出す。

「殿、この子はまだ混乱しているようですから、帰るべきところが分かるまで、屋敷で預からせてください」

町役人は、松姫の申し出に喜ぶ面持ちをしている。

信平は松姫にうなずき、佐吉と新十郎に命じる。

「佐吉と新十郎は、残って見届けよ」

「承知しました」

頭を下げて応じる二人に見送られて、信平は松姫と女児を連れて屋敷に帰った。

屋敷では、留守番をしていた善衛門や竹島《たけしま》糸が、信平と松姫が女児を連れて帰ったのに酷《ひど》く驚き、事情を知った善衛門は、

「なんとも、まだ幼いというのに……」

目に涙を浮かべて、言葉に詰まった。

松姫は、糸に着物の支度を命じて、女児を奥御殿に連れて入った。

信平も共に入り、松姫と二人でそばに寄り添い、気持ちを落ち着かせようと努めた。

お初が、湯呑《ゆの》みを載せた折敷《おしき》を持って来た。

「白湯《さゆ》を蜂蜜《はちみつ》で甘くしてみました。お口に合うとよいのですが」

松姫が湯呑みを取って女児の口に運んでやると、一口飲み、喉《のど》が渇いていたのか、自ら湯呑みを持って飲み干した。

松姫が優しく問う。

「おなかが空いているでしょう。何か食べましょうね」

女児はこくりとうなずいた。

松姫が目配せすると、応じたお初が下がり、入れ替わりに糸が来た。

「屋敷にはこの子に合う着物がありませぬから、近くの呉服屋を呼びました」

「裾《すそ》が濡《ぬ》れていますから、とりあえず信政が使っていた小袖でもよいでしょう」

「ただいま持ってまいります」

納戸《なんど》から出されたのは、信政の古着だ。

糸を恐れる女児のために、松姫は自ら着替えさせようとして、信平に困惑した顔を向けた。

首にうっすらと赤い筋があるのに気付いた信平は、膝を進めて確かめた。

「躊躇《ためら》い傷か」

母親は、娘をあの世へ連れて行こうと試み、思いとどまったに違いなかった。

川の中の懐剣が目に浮かんだ信平は、不安そうな顔をしている女児に胸を痛めた。

「手当てを」

「はい」

応じた松姫は、押し入れから手箱を取り出して蓋《ふた》を開け、切り傷に効く薬を指に取ると、女児の首にそっと触れた。

「痛い？」

女児は首を横に振る。

松姫は安堵して薬を塗り、さらに薬を染み込ませた布を当てて、晒《さらし》を巻いた。

お初が食事を持って来た。

菜物のおひたしに、白身魚の焼き物、そして味噌汁《みそしる》と飯を少しずつ入れた器が並ぶ膳《ぜん》を前に、女児はちょこんと正座するが、箸《はし》を取ろうとしない。

松姫が箸を取って手に持たせてやり、

「遠慮しないでお食べなさい」

優しく声をかけると、女児はやっと箸をつけた。

だが食は細く、ほとんど残して箸を置く女児に、松姫は無理にはすすめなかった。

糸が呉服屋を連れて来たのは、程なくだ。

すぐ使える物を何点か持ってきた中から、松姫が選んだのは桜色の無地だ。これに赤い帯を合わせて着せてやると、色白の女児によく合い、共にいた信平は目を細めた。

新しい着物を気に入ったのか、女児は来た時よりも表情が明るくなりはしたものの、松姫からは離れようとしない。

松姫は、そんな女児に優しく接し、呉服屋が持っていた簪《かんざし》や櫛《くし》などを二人で選び、少しでも気持ちを楽にさせようと努めている。

善衛門が来たのは、そんな時だった。

「殿、佐吉が代官を連れて戻りました。表御殿にお出ましくだされ」

応じた信平は、松姫と目を合わせて立ち上がり、表御殿に渡った。

三

客間で待っていたのは、佐吉と代官だ。

坂藤只十郎《さかとうただじゅうろう》と名乗った代官は、歳は五十前後か。その表情は穏やかで、名乗る口調や態度からも、呑気《のんき》そうな気性が垣間《かいま》見える。

信平を前にしても臆《おく》した様子はないものの、低頭して詫《わ》びた。

「鷹司様には、とんだお手間を取らせてしまい、代官としてお恥ずかしい限り。まさか観音堂におられようとは思いもせず、お詫び申し上げます」

信平は問う。

「察するに、母子を捜しておられたか」

「いえ、我らが捜しておりましたのは、亡くなられた畝《うね》殿のみでした」

「どういうことか。子は、亡き女人を母と申したが」

「おそれながら、子のことは存じませぬ。畝殿を捜していたのは、あるじの眞壁彦政《まかべひこまさ》殿が殺されたからです。命を絶たれた畝殿は、眞壁殿に仕《つか》える者でございました。素性《すじょう》はそれがしもはっきり知りませぬが、本妻を亡くされている眞壁殿が別宅に住まわせておりましたから、身分低き妾《めかけ》ではないかと」

決めつけた言い方をする坂藤に、善衛門が口を挟んで問う。

「何ゆえそう思う」

坂藤は、信平の右手に座している善衛門に顔を向けて答えた。

「畝という名から、百姓の出の者ではないかと推測したまでにございます」

畝の姿を目に浮かべた信平は、そうは思えなかったものの、否定せずに問う。

「まことに、幼子のことを知らぬのか」

代官は渋《しぶ》い顔を横に振った。

「何せ旗本の別宅でございますから、詳しいことは把握しておりませぬ」

「眞壁殿の死を、どうして知った」

「出入りの商人が、いつもしじみを求める下女が出てこないのを不思議に思い、別宅の中に入り、下女が死んでいるのを見つけて知らせに来たのです。すぐに駆け付けましたところ、眞壁様と下男下女が、殺されておりました」

「眞壁殿を襲うた者に、心当たりはないのか」

「ありませぬ。我らは、いなくなった畝殿を疑い捜しておりました。自害しておりますから、間違いないのではないでしょうか」

「そう断ずるのは早かろう」

「ごもっとも。畝殿が見つかった今となっては、我らの役目はここまで。あとは、御目付役に引き継ぐのみにございます」

確かにそうだと思う信平は、坂藤に告げる。

「預かっている女児が、畝殿のお子ではないかもしれぬゆえ、一応、顔を見てくれ。代官ならば、知った者かもしれぬからな」

「承知しました」

信平は自ら奥御殿に戻り、女児と櫛を選んでいた松姫に声をかけた。

「表に来ている代官が、この子を知っておるか確かめたい」

応じた松姫は、女児に微笑みかける。

「共に行きましょう。さ、おいで」

抱き上げた松姫と共に客間に戻ると、坂藤は慌《あわ》てた様子で頭を下げた。

信平が促す。

「坂藤殿、よう見てくれ」

応じて顔を上げた坂藤は、低頭して告げる。

「初めて見る子にございます」

信平は応じ、女児を見て言う。

「ではやはり、眞壁家の別宅にいたのであろうな」

母に手を引かれて夜道を逃げ、さぞ恐ろしい目に遭ったに違いなかった。

女児を哀れんだ信平は、坂藤に告げる。

「わざわざご苦労だった。担当の目付役に、この子を預かっているとお伝えしてほしい」

「はは。承知いたしました」

低頭した坂藤は、いそいそと帰っていった。

善衛門が信平に顔を向けた。

「それがしは眞壁彦政殿を知りませぬが、甥の正房ならば分かるかもしれませぬので問うてまいります」

「すまぬが頼む」

善衛門は低頭し、信平と松姫の前から下がった。

その善衛門が戻ったのは、夕方だ。

松姫と共に、疲れて眠った女児を見守っていた信平は、糸に小声で教えられて表御殿に渡った。

廊下で待っていた善衛門が、深刻そうな顔で顎を引いた。

信平が己の部屋に誘い、向き合って座すと、善衛門はさっそく口を開く。

「正房は知りませんでしたが、同輩の者が親しくしており、教えてくれました。眞壁殿は奥方を病で亡くしており、子はいないそうです」

「では、畝殿とのあいだにできた子か」

「それも問いましたが、親しいはずのその者は、子については知らぬと申します。ただ、別宅に妾がいたのは確かでした。おそらく畝殿でしょう」

「そうか」

信平は、眞壁家の先を案じた。

「御家はどうなる」

善衛門は渋い顔で応じた。

「屋敷で殺されたのが露見しておりますから、断絶は免れませぬ」

眞壁を知らぬ信平であるが、女児が実の娘ならば、両親と家を一度に失うことになる。

救いの手を差し伸べようにも、名も分からぬ今、女児にしてやれるのは不安にさせぬことのみ。

「流れに身をゆだねるしかない子が、哀れじゃ」

ついこぼした信平に、善衛門は口を引き結んでうなずいた。

ご苦労だったと労《ねぎら》い、下がらせた信平は、奥御殿に戻った。

松姫が居室で待っており、信平が善衛門から聞いた話を教えると、松姫は隣の部屋で眠る女児に顔を向けて目尻を拭った。

「夕餉《ゆうげ》のあとで歳を訊《き》きましたところ、指で五つと教えてくれました。まだ幼いというのに、哀れでなりませぬ」

「眞壁殿と畝殿の子と決まったわけではない。今一度、周囲を探ってみるつもりじゃ」

松姫は信平に、涙目を向けた。

「先ほど、寝ながら泣いたのです。母上と、はっきり言いました」

「では、しゃべれぬわけではないのか」

「小さな胸に傷を負ったせいでしょう。首に刃物を当てられ、目の前で母が命を絶ったのですから、無理もありませぬ」

「預かっているあいだは、少しでも気持ちを楽にしてやろう。そなたには気を許しておるゆえ、救われているはずじゃ」

「藁《わら》にもすがる思いなのでしょう。この子が無邪気に笑えるようにしてやりとうございます」

松姫の顔が、以前にも増して活力があると感じた信平は、信政が幼い頃を思い出し、微笑んだ。

「そなたならば、できるだろう。よう見てやるとよい」

松姫は笑みでうなずき、信平に茶を点ててくれた。

その夜は、信平は表御殿の寝所《しんじょ》で眠り、松姫は女児と床を共にした。

翌朝、身支度をしながら女児の様子を訊いたところ、松姫は心配そうに答えた。

「眠《ねむ》るのが怖いのか、横になっても、わたくしにしがみ付いて震えていました。そばを離れず安心させたのですが、可哀そうに、夜中には夢でうなされておりました」

「うなされた時に、寝言は出なかったか」

「はい」

「今はどうしている」

「まだ眠っています」

松姫は、こころに受けた傷を案じずにはいられないと言う。

そこで信平は、紀州《きしゅう》徳川家奥医師、渋川昆陽《しぶかわこんよう》を頼った。

佐吉の迎えで屋敷に来た昆陽は、松姫から話を聞いているあいだも女児の様子を探り、白髪の眉尻を下げて手を差し伸べた。

「可愛いお子じゃな。どこか、痛いところがあるかな。あれば教えてくれるかの」

女児は昆陽の手を恐れて、松姫の後ろに隠れた。

昆陽は慣れたもので、松姫の肩越しに、鼻の下を伸ばした妙な顔を出し、あひょい、と言って、目を白黒させておどけて見せた。

笑ったのは松姫のみで、女児は怖い物を見ないように顔を背《そむ》けている。

昆陽はそれだけで何が分かったのか、神妙な面持ちで、信平と松姫に告げた。

「この人見知りは、幼さゆえならば問題ないでしょう。言葉のほうは、こころに負った傷が元ならば、時が必要かと。いつまでお預かりするお考えですか」

信平は松姫を一瞥《いちべつ》し、昆陽に答える。

「両親が誰かまだはっきりしませぬが、引き取り手が分かるまでは置くつもりです」

昆陽は真顔でうなずいた。

「そうですか。そのあいだ、焦りは禁物。無理にしゃべらそうとしてはなりませぬ。お二人には釈迦《しやか》に説法でしょうが、この子が穏やかに過ごせるようにしてやるのが肝《かん》要《よう》」

松姫が身を乗り出して問う。

「いつか、話せるようになりますか」

「子の力を信じましょう。とにかく今は、安心させてやることです」

松姫は顎を引き、頭を下げた。

信平は帰る昆陽を送って廊下に出て、部屋に声が届かぬところで問う。

「目の前で母親が命を絶つのを見た子が、まことに、こころの傷が癒《い》えましょうか」

「松姫様を頼る姿を見る限り、希望は持てます。ただし、同じような恐ろしい目に遭わせてはなりませぬ。別宅を襲うた者がおるのですか」

「いや、それはまだはっきりしませぬ」

昆陽は渋い顔でうなずき、告げる。

「もしも旗本が襲われて命を落としたのであれば、決して下手人《げしゆにん》と会わせぬことです。また恐ろしい目に遭えば、あの子がどうなるか分かりませぬ。生涯にわたり、ここに悪い影を宿らせるとお思いくだされ」

己の胸に手を当てて見せる昆陽が言いたい意味が分かる信平は、見送って自室に戻り、決して怖い思いをさせぬにはどうしたらよいか、座して考えた。

このまま屋敷で過ごすのが、あの子にとってはいいことなのだろうか。

どのような暮らしをしていたのか、そこが気になりはじめた信平は、佐吉を呼んだ。

すぐに来て廊下に片膝をつく佐吉に、信平は告げる。

「眞壁殿殺害を調べている者に話を聞きたい。誰が担当しているのか訊いてきてくれ」

「承知」

低頭した佐吉は下がり、信平が領地から送られた書類に目を通しているあいだに戻ってきた。

気付けば外は日がかたむいており、佐吉が告げる。

「御公儀に問いましたところ、調べておられるお方を遣わすと申されました」

「わざわざまいられるか。して、その者の名は」

「目付役の、田所市之丞《たどころいちのじょう》殿だそうです」

「今、誰だと言うた」

声をあげたのは、信平を手伝っていた善衛門だ。

佐吉がもう一度名を告げると、善衛門は耳をほじった。

「わしの聞き間違いかと思うたが、なんとも……」

途端に心配そうな顔をするので、信平は問う。

「麿は会うたことがないが、何をそう気にしているのじゃ」

すると善衛門は、渋い顔で口を開いた。

「歳は三十になっておりましょうが、若い頃は手が付けられない暴れ者でしてな。父親は業を煮やして廃嫡《はいちゃく》を申しつけ、西国にある田舎の領地へ追い払っていたのです。何がどうなって、目付役に抜擢《ばってき》されたのか……」

考え込む善衛門に、信平は微笑む。

「今は、こころを改めたということであろう。暴れ者ならば、骨のある目付役とも言える。事件の真相を暴いてくれるのではなかろうか」

そこへ、山波新十郎が来て廊下に片膝をついた。

「殿、御目付役の田所殿がお目通りを願われてございます」

「さっそくまいられたか。客間にお通しいたせ」

応じた新十郎が下がり、信平は頃合いを見て、善衛門と共に客間に向かった。

低頭した田所に、善衛門は警戒の目を向けている。

面《おもて》を上げた田所は、細身の長身で、身なりは清潔。面構えもよく、信平の目には、目付役に相応《ふさわ》しい男に映った。

「お初にご尊顔を拝しまする。それがし、田所市之丞にござりまする」

「お呼び立てしてすまぬ」

「なんの。少将信平様のご活躍は、西国の田舎にも届いており、一度お目にかかりたいと、領地の大菩薩《だいぼさつ》に祈願しておりました」

大げさな言い方に戸惑った信平は、微笑むしかなかった。

善衛門が問う。

「では、江戸に戻って間がないのか」

田所は善衛門に明るい顔を向けて答えた。

「ひと月前に戻り、御役目は半月前に拝命したばかりにございます」

「では、御家を継がれたのか」

「はい。父と弟が、銭才との戦で命を落としましたもので」

悲しみを面に出さず、飄々《ひょうひょう》と告げた田所の心境を信平は読み取れぬが、次に見せたのは、絵に描いたような困り顔だ。

信平に両手をつき、真っ直《ますす》ぐな目を向けてきた。

「それがしの祖父が目付役をしていた縁で、人手が足りぬ目付役の末席に加えていただきましたが、元来目付役は、旗本と御家人を監察するのが務めのはず。眞壁殿を殺《あや》めた下手人を暴けと命じられて、困惑しております」

正直に訴える田所に、信平は真顔で応じる。

「眞壁殿の死の真相は、まだつかめておらぬのか」

田所は頭をかいた。

「さっぱり分かりません。こうして信平様からお呼び出しがあったのも、大菩薩のお引き合わせ。どうか、お助けください」

手を合わせて懇願《こんがん》する田所に驚きを隠さぬ善衛門は目を見開き、信平を見てきた。

「殿、上様から休めと言われておりますぞ」

善衛門が暗に伝えたいのは、若年寄を断った手前、大人しくしていろということだろう。

旗本が殺された件に関われば、家綱の耳に届くのは確かだ。

どうすべきか、信平が考える間もなく、田所が膝を進めてさらに懇願した。

「それがしの力不足で、果たして眞壁殿が妾に殺されたのか、それとも押し入った者に襲われたのか、はっきりしませぬ。もしも下手人がおるなら、このままでは死者が浮かばれませぬ。どうか、それがしに知恵をお貸しください」

目付役は気位が高いものだが、田所にそういう態度は一切ない。賢そうな面構えとの差に、信平は、この男の熱い真心を見た気がした。

「まずは、眞壁殿の別宅に案内してもらおう」

「殿！」

善衛門が声をあげた。止めるのかと思いきや、信平よりも先に立ち上がった。

「それがしもまいりますぞ」

善衛門は女児を気にしていただけに、真相を暴きたいのだろう。

信平は応じて、狐丸を手にして出かけた。

四

眞壁家の別宅は竹矢来《たけやらい》で封じられ、番人が目を光らせていた。

来る途中で田所が教えてくれたのは、眞壁の死にざまだ。

それによると、寝込みを襲われた眞壁は、刀を取る間もなく胸を一突きにされていた。また、泊まり込みで働いていた老僕と下女も、喉を斬られて息絶えていたという。

田所に頭を下げた番人が、表門を開けた。

旗本の別宅だけに、商家のそれとは違う門構えであり、母屋《おもや》は瓦葺《かわらぶ》きで、玄関もあり武家屋敷そのものだった。

建坪は四十坪ほどだという母屋の表向きは、十二畳と六畳の座敷《ざしき》があり、襖《ふすま》の墨絵は、山河の景色が美しい。

「こちらです」

案内する田所に従って奥向きの座敷に入ると、布団が敷かれたまま残されていた。

「眞壁殿は、この布団の上で亡くなられていたそうです」

黒く変色した血の跡がある布団を信平が見ていると、田所が襖を開けた。隣の部屋には、女物の夜着があり、子供用の夜着が、外障子の前に落ちていた。

善衛門が他の襖を開け、部屋の中を調べて戻ってきた。

「殿、争った跡はないように思えます」

確かに善衛門が言うとおり、見る限りでは争いを感じられない。

信平が応じて、部屋を見ていると、田所が告げた。

「御公儀から探索を命じられたそれがしが代官所を訪ね、坂藤殿にどう見ているか問いましたところ、思わぬ話を耳にしました」

「なんじゃ」

「眞壁殿は、旗本の娘との縁談が決まっていたそうです」

坂藤代官は、初めから畝を疑っていただけに、信平は推測した。

「代官は、妾の畝殿が、それを恨みに思い凶行に走ったと見ているのか」

「はい。眠っているところを狙《ねろ》うて胸を一突きにし、老僕と下女までも口封じに殺して逃げたものの、代官所の追っ手を恐れて、女児と心中しようとしたのではないかと申しました」

信平は田所の目を見て問う。

「そなたは、代官の筋読みが解《げ》せぬから、麿に助けを求めたのであろう」

田所は真顔でうなずいた。

「ここをご覧ください」

田所が刀を抜き、切っ先で示した天井を見ると、三点の染みがあった。

「血か」

「はい。おそらく、刃物を抜いた時に散ったものかと。それがしはその後、畝の骸を調べましたが、着物に返り血はなく、殺された下僕と下女の部屋には、女物とは思えぬ大きさの足跡がありました」

「代官所の者は、それを聞いてなんと申した」

「旗本のことだけに遠慮して、詳しく見ていなかったと詫びるばかりで、役に立ちませぬ」

善衛門が口を挟む。

「おぬしは、よう見つけたな。その目を持っておれば、殿を頼らずとも下手人を暴けるのではないか」

田所は首を横に振った。

「それがしが分かるのはここまでにございます。若い頃は、仲間を痛めつけた相手を探し出して仕返しをしていい気になっておりましたが、殺しの探索となると、どうも勝手が違います」

信平は黙って部屋を調べ、家の隅々まで歩いてみた。

何者かが侵入したとすれば、どこから入ったか。

裏の戸口に向かい、木戸をこじ開けた痕《あと》がないか見てみるも、それらしい傷はない。

母屋の裏手に行き、下男が使っていた部屋に入ってみた。

物は少なく、薄い布団が敷かれたままになっており、喉を切られて苦しんだのか、手の跡が畳に残っている。

続いて下女の部屋に行った。畳敷きの六畳部屋を一人で使っていたらしく、待遇はよかったようだ。押し入れはなく、葛籠《つづら》がひとつと、手箱がきちんと並べて置いてある。他に物はなく、慎ましい暮らしがうかがえる。整えられた部屋に争った跡はなく、布団も汚れていない。手箱の上に置かれている赤い櫛が、やけに寂しく見えた。

「おなごはどこで殺されていたのか」

問う信平に、戸口に立っていた田所は中に入り、外障子《そとしょうじ》を開けた。

「この縁側で、倒れていたそうです」

近頃雨が降っていないせいで、濡れ縁には血糊《ちのり》がそのまま残っていた。

「逃げようとしたのでしょう」

田所はそう言って、片手を立てて死者の魂に念仏を唱えた。

周囲を調べる信平に、善衛門が歩み寄って切り出す。

「殿、外から押し入った跡がないなら、やはり代官所の見立てどおり、畝がやったのではないでしょうか。返り血を浴びておらぬのは、後ろから喉を切ったか、あるいは、着物を替えたのでは」

信平は答えずしゃがみ、裏庭の地面を眺めた。土に足跡は無数にあるため、手がかりは得られない。

信平はひとつ息を吐き、善衛門に告げる。

「畝殿が亡くなられた今、真実を知っているのはあの子だけであろう。何を見て、声が出なくなったのだろうか」

「そもそも、ここに暮らしていたのでしょうか」

信平は、子供の夜着が残されていた部屋に戻り、もう一度確かめた。

螺鈿細工《らでんざいく》が施された手箱を開けて見ると、子供の物と思われる小さな赤い櫛が入れられ、簪もある。襖を開けるとそこは押し入れで、手毬が転げ落ちた。

信平は拾って言う。

「間違いないと思うが、眞壁殿のお子かどうかは、確かめる必要がある」

「眞壁殿はまだ葬《ほうむ》られておらぬはず。子を本宅に連れて行ってみますか」

顔を見せて父かと問えば分かるのではないかと善衛門は言うが、信平は昆陽の忠告が頭に浮かび、返答に窮《きゅう》した。だが、考えてみても他に手はない。

「一時辛《つら》い思いをさせるが、善衛門が申すとおりにいたそう」

「はは。では、子を連れて行く前に、まずは眞壁家に行き、家の者に確かめます」

「麿もまいろう」

信平が言うと、田所が口を挟んだ。

「眞壁家は赤坂の御屋敷に近《ちこ》うございますから、それがしがご案内します」

先に立って案内する田所に続いた信平は、こうしているあいだも葬儀がされているかもしれぬと言う善衛門に従い、眞壁家に急いだ。

田所が案内したのは、信平の屋敷から江戸城に向かう途中の、武家屋敷が並ぶ一画だ。

人通りが少ない、漆喰《しっくい》壁に挟まれた通りの中で、一軒だけ、表門の前が騒がしい家があった。門前に止められた荷車に、襷《たすき》がけをして股立《ももだ》ちを取った男たちが荷物を載せて、忙しく働いている。

田所が言う。

「荷車があるところが、眞壁家です」

早々に断絶が決まった眞壁家では、家来たちが屋敷を明け渡す片付けに追われていたのだ。

　田所が先に走り、荷を積み終えた者を呼び止めて話しかけた。

　信平の来訪を知ったその者は、驚いた顔を向けて低頭し、田所に何か告げて門内に駆け込んだ。

　信平が門前に行くと、田所が告げる。

「今、上役に知らせております」

　待つこと程なく、初老の男が出てきて、信平に頭を下げた。

「用人の磯谷《いそや》高左衛門《たかざえもん》にございます」

　消沈した声の磯谷に、信平は訪ねた趣旨を伝えた。

　すると磯谷は驚いた顔をして、戸惑いの色を濃くした。

「立ち話でお伝えすることではありませぬゆえ、どうぞ、お入りください」

　応じた信平は、磯谷の案内で屋敷に入った。

　明日までに公儀に渡さなければならぬという屋敷は、荷物を運び出す家来たちが信平を気にする様子もなく、騒然としている。

　磯谷は、片付けが終わった表の広間に信平たちを通し、

「なにぶん、このありさまでございますから、茶も出せずお許しください」

こう断り、信平を上座に促した。

信平が向き合って座すと、磯谷は神妙な顔で口を開いた。

「確かに殿は、領地から送られた百姓の娘を寵愛《ちようあい》してございました」

「それが、畝殿か」

「はい。殿は、然《さ》る旗本の娘との縁談が決まっておりましたので、本宅へは入れておりませぬ」

そこまで述べた磯谷は、悔しそうに目をつむり、袴《はかま》をにぎり締めた。

「今年の春に祝言《しゆうげん》を挙げておられれば、このようなことにはならなかったのです。銭才めの件で延びさえしなければ、今頃殿は、妾を国許へ返し、この屋敷で御正妻と過ごされていたはず……」

銭才さえ江戸に来なければと繰り返し、悔し涙を流した。そして、信平の目を見て訴える。

「新陰流《しんかげりゆう》を極めた殿は、腕っぷしも強うございました。城で銭才軍と戦われた殿が、まさか寝首を掻《か》かれようとは。あのようなご最期になって、さぞ、ご無念であろうと思います」

肝心《かんじん》の女児のことを言わぬ磯谷に痺《しび》れを切らせた善衛門が、信平に代わって問う。

「眞壁殿と畝殿のあいだに、娘はおったのか」

磯谷は口角を下げて即答せず、言葉を選ぶように、ゆっくりと告げる。

「用人でありながらお恥ずかしい話ですが、別宅については殿に口出しを禁じられ、行ったこともなく、たとえ娘御がおられたとしても、それがしは存じませぬ」

渋い顔をする善衛門を一瞥した信平は、磯谷に問う。

「畝殿が別宅に入られたのはいつか」

「八年前にございます」

女児が五歳だと松姫に教えたのが間違いなければ、歳は合う。

信平は告げた。

「娘御と思われる子を麿が預かっているのだが、眞壁殿と会わせられぬか。真の父親か確かめたい」

「お断りいたします」

思わぬ返答に、信平は困惑した。

「何ゆえできぬ」

「断絶が決まった今となっては、分かったところでどうにもなりませぬ」

善衛門が口をむにむにとやった。

「あるじの子かもしれぬのだぞ」

「親の名もまだ言えぬ幼子と会わせたところで、あてになりませぬ」

「五歳ゆえ、親の顔は分かるはずじゃ」

信平が言うと、磯谷は平身低頭した。

「我らも禄を失い、己の子を食わせられるかも分からぬ身。どうか、ご勘弁《かんべん》を」

「見捨てるのか」

善衛門が怒りをぶつけたが、磯谷は低頭したまま答えない。

「磯谷殿！」

「ご容赦《ようしゃ》を！」

尚《なお》も責めようとする善衛門を、信平は止めた。

黙っていた田所は、どうするのかという顔で信平を見ている。

信平は立ち上がり、磯谷に告げる。

「忙しいところ邪魔をした。女児は引き続き麿が預かるゆえ、案ずるな」

「申しわけ、ございませぬ」

涙声の磯谷は、顔を上げず肩を震わせていた。

善衛門と田所を促して広間から出ると、廊下にいた二人の家来が平伏《ひれふ》した。二人とも頬を濡らしているのを目に止めた信平は、御家断絶の悲しみを胸に止めて声をかけず、屋敷を出た。

田所が信平に言う。

「それがしはこれより、眞壁殿と親しくしていた者を見つけ出し、子のことを当たってみます」

「何か分かれば教えてくれ」

「はは。では」

低頭して下がる田所を見送った信平は、善衛門と帰った。屋敷では、鈴蔵が待っていた。

鈴蔵には、別宅周辺の、眞壁の評判を探らせていたのだ。

己の部屋で向き合い、さっそく問う。

「いかがであった」

「周囲の村の者たちは、眞壁家のことになると口を閉ざします」

「それは、妙だな」

鈴蔵は眉間《みけん》に皺《しわ》を寄せた顔で顎を引く。

「拙者《せっしゃ》の目には、誰かを恐れているように見えました」

「村の者たちが何を恐れているのか、探ってくれ」

「承知しました」

鈴蔵は下がり、休むことなく屋敷を出た。

善衛門が口を開く。

「殿、このまま女児の父親が分からぬ時は、いかがなされますか」

「さて、どうしたものか」

善衛門が、心中を覗《のぞ》くような目を向けてくる。

「そのお顔は、もしや、このまま引き取るおつもりでは」

信平は微笑んだ。

「麿よりも、松のこころ次第じゃ」

納得する善衛門を残して、信平は奥御殿に渡った。

松姫が物語を聞かせる声が廊下まで伝わってきた。そっと座敷を見ると、女児は廊下に背中を向け、身を乗り出すようにして松姫を見上げて聴き入っている。

信平に気付いた松姫が微笑み、語りを続けた。

邪魔をせぬよう濡れ縁に座した信平は、信政が幼い頃に松姫が作った、熊と狸《たぬき》が仲よくする物語に耳をかたむけながら、女児が笑う声を期待したのだが、信政が大笑いしていた場面になっても、女児の声はしない。

松姫の滑稽話《こっけいばなし》でも笑わぬかと、女児のこころの傷を案じていると、糸の笑い声がしてきた。

信平がそっと座敷を覗くと、糸の笑いにつられたのか、女児が横を向いて笑顔になっていた。言葉は出ぬとも笑う姿に、信平は松姫と目を合わせ、希望を持ってうなずき合った。

田所から知らせが来たのは、翌日だ。

眞壁と親しい者何人かに、娘がいたか確かめたところ、誰も知らなかったという。

続いて戻った鈴蔵の報告は、下手人に繋《つな》がるものではなかった。村の者が恐れていたのは、眞壁家を襲った惨劇に関わること自体で、誰かを恐れていたわけではなかったのだ。

「真相は、藪《やぶ》の中か」

信平はぼそりとこぼし、敵の顔を頭に浮かべた。

五

秋晴れが、庭の紅葉をより一層美しくしていた。

自室にいた信平は、月見台にいる松姫と女児を眺めていた。松姫は女児に、お手玉を作ってやり、遊んでいるのだ。

松姫に見せる女児の笑顔は、こころから笑っているように思える。だが、昨夜も悪夢にうなされていたと聞いている信平は、別宅で何があったのか、もう一度考えていた。

観音堂のそばで亡くなっていた畝の、美しき骸を目に浮かべた信平は、蠟燭《ろうそく》のように白く、か細い左手首に刻まれた切り傷と、痣《あざ》ひとつない右腕を思い出し、代官所の筋読みに引っかかるものがあった。

女児を下手人の娘にするのは忍びないと思う信平は、もう一度調べるべく、眞壁家の別宅に足を運んだ。

前は番人がいるのみだった別宅に、役人らしき人の姿があった。

出てきた者に声をかけてみれば、田所の配下だった。

田所は、畝がわざわざ離れた観音堂で自害していたのがどうも納得できぬと言い、配下と共に調べなおしていたのだ。

自信がなさそうだった田所が熱心に働いていると聞いた信平は、まかせてもよいと思い別宅には入らず、赤坂の屋敷に引き上げた。

来客があったのは、屋敷に戻って半刻《はんとき》(約一時間)が過ぎた時だった。

奥御殿にいた信平は、竹島糸から代官の配下、紫崎惟次《しざきこれつぐ》の来訪を告げられ、表御殿に渡った。客間に入ると、善衛門の前に座して待っていた三十代の男が、両手を揃えて平伏した。

「お初にご尊顔を拝します。それがし、紫崎惟次と申します。本日は、お代官の命にて参上つかまつりました」

上座に正座した信平は、面を上げるよう告げた。

応じた紫崎は神妙な面持ちで信平と目を合わさず、濃紺の紋付き羽織《はおり》の袖を引いた。

善衛門が問う。

「して、用向きは」

「は」紫崎は善衛門に応じ、信平に顔を向けて答える。「眞壁様の件にございます。

お代官のご意向で、落命された原因を検《あらた》めなおすこととなり、こちら様がお預かりの娘に、話を聞きにまいりました」

紫崎はまた、羽織の袖を気にして引っ張った。緊張した時の癖なのか、信平が見ているのに気付いた紫崎は、袖を引くのをやめた。

「何とぞ、お願い申します」

手を膝に置いて低頭する紫崎に、信平は告げる。

「娘御は、こころに傷を負ってしまい、しゃべろうとすると声が出ぬ。問うても、答えは返らぬぞ」

紫崎は、信平から眼差《まなざ》しを下げた。

「字は、書けませぬか」

落胆の声に、信平はうなずく。

「今、教えておるところじゃ」

すると紫崎は、思案顔をして、また羽織の袖を引いた。

意図なのか、緊張のあまり無意識でしているのか、信平には読めぬ。ただ、目に付くので見ていると、紫崎は袖から手を離して告げる。

「松平様は、娘御が眞壁様の娘かどうか気にされていたと、お代官に聞いております。それがしは別宅がある村を受け持たせていただいておりますので、顔を見れば、どこの子か分かるかもしれませぬ。お力にならせてくださりませ」

それもそうだと思った信平は、廊下に控えている佐吉に顎を引いた。

応じた佐吉が立ち去り、程なく、竹島糸に連れられた女児が来た。

女児は不安そうな顔で信平を見ていたが、廊下に正座した糸が膝に座らせてやると、顔を隠すように抱き付いた。

紫崎が神妙な顔で、信平に告げる。

「この子は、初めて見ました。やはり、眞壁様のお子ではないでしょうか。何か見ているかもしれませぬゆえ、二つほど、問うてもよろしいでしょうか」

信平が顎を引くと、紫崎は膝行《しっこう》して糸に近づき、女児に優しく声をかけた。

「これ、そなたは、夜に母と外に逃げたのか」

糸に促されて、女児は紫崎を見ずにうなずいた。

紫崎は糸に微笑み、二つ目を質問した。

「逃げる前に、何か見なかったか。たとえば、知らない男とか」

女児はやはり顔を見ようとせず、首を横に振る。

「そうか……」

紫崎は下を向き、落胆の息を吐いた。

信平は、胸に引っかかっていたことを問うてみた。

「眞壁殿の死の真相は目付役が調べておるが、代官は何ゆえ、調べなおす気になったのじゃ」

紫崎は膝を転じて、神妙に答えた。

「畝殿の仕業《しわざ》ではなく、他に下手人がいるかもしれぬとおっしゃった御目付役に賛同され、手伝いを申し出られました。手伝うからには手柄を挙げねばならぬと我らに厳命されたわけでございまして、ひとつ、お願いがございます」

「聞こう」

「この子を別宅に連れて行くのをお許しください。別宅を見れば、何か思い出すかもしれませぬ」

昆陽の忠告が念頭にある信平は、応じなかった。

「幼い子には、惨《むご》い仕打ちじゃ」

「ごもっともにございます。ではそのように、お代官に伝えてもよろしゅうございましょうか」

「うむ」

「はは。では、これにてご無礼つかまつります」

紫崎が畳に両手をついて辞そうとした時、女児が糸にしがみ付いた。

それを見た紫崎が、慌てたように告げる。

「どこにも連れて行かぬから、怖がらなくてよいぞ」

安心してくれと声をかけながら、紫崎はまた、羽織の袖を引いた。そして信平に低頭して下がり、足早に帰っていった。

糸に女児を連れて下がるよう告げた信平は、庭に控えている鈴蔵のところに歩み、紫崎を調べるよう告げた。

これには、善衛門が驚いた。

「殿、今の者の何をお疑いですか」

「疑いではなく、ただ、素性を知りたいだけじゃ」

納得する善衛門を横目に、鈴蔵は信平に応じて出かけた。

信平は奥御殿に渡り、松姫の部屋に入った。先に戻っていた女児は、松姫に抱き付いて泣いていた。頭をなで、背中をさすってなだめていた松姫が、信平に顔を向けて言う。

「役人に言われて、思い出したのでしょうか。酷く怯えています」

信平はそばに行き、女児の頭をなでてやった。

「別宅に連れて行くと言われて、怖かったのであろう」

糸が遠慮なく口を挟んだ。

「先ほどの役人は、配慮に欠けまする。このように幼い子が怖い思いをした家に連れて行くのは、可哀《かわい》そうです」

信平は聞きとめ、女児に言う。

「どこにも連れて行かぬから、安心しなさい」

女児はうなずいて涙を拭くと、松姫の前に正座し、着物の袂《たもと》からお手玉を出した。ひとつ差し出された信平が受け取ると、女児は松姫にも渡し、自分のを上に投げては小さな手で受け、遊びはじめた。

気持ちの切り替えが早いのも、子供ならではか。

信平は安堵し、松姫と顔を見合わせて微笑み、赤いお手玉を女児と同じように投げてみた。中の小豆《あずき》が小気味良い音を立てる。

松姫の手からお手玉を取った信平は、二つを交互に投げ上げて見せると、女児が目を輝かせ、明るい顔をした。

「まあおじょうず」

声に出したのは糸だ。

信平は笑い、

「そなたたちのを真似《まね》ただけじゃ」

そう告げて、腰から閉じた扇子《せんす》を抜いてお手玉に加え、女児を驚かせた。

喜んだのは女児よりも、糸のほうだ。

松姫は、信平の意外な芸に目を見張っていたが、女児を抱き寄せ、宙を飛ぶお手玉と扇子を指差して笑いに誘った。

女児は松姫に応じて白い歯を見せ、楽しそうな顔をしている。

日々笑顔を取り戻していく女児に、信平は、いつか言葉を聞けると信じて、しばしお手玉に興じた。

だが夜になると、やはり女児は悪夢にうなされた。松姫が抱いてやると、女児は救いを求めるようにしがみつき、しばらく泣いて寝ないのだ。

そんな女児を、信平は哀れに思い、この先どうしてやればよいか、考えずにはいられなかった。

表御殿の自室にいた信平のところに鈴蔵が来たのは、翌日の昼間だ。

「殿、調べてまいりました」

「入れ」

「はは」

鈴蔵は膝行して下座に座し、報告する。

「紫崎殿には、特に悪い噂はございませぬ。むしろ、村の者たちに慕われており、代官のほうが、欲深くいいかげんな男だと、評判が悪うございます。中には、紫崎殿がいるから、自分たちは辛い目に遭わずにすんでいると申す者もおります」

「坂藤殿が村人からそう思われているのは、意外だな。先日は、心優しい人物に見えた」

共にいた善衛門が口を挟む。

「殿の御前ですから、本性を隠していたのでしょう」

信平は立ち上がった。

「これより、坂藤殿を訪ねる」

善衛門が驚いた。

「行って、何をされるおつもりか」

「ちと、確かめたいことがある」

狐丸を手に出かける信平に、善衛門と鈴蔵が従った。

代官所の一室に通された信平は、上座に正座した。

善衛門と鈴蔵が下座に座して程なく、廊下を急いだ坂藤が紫崎と現れ、座敷の前で揃って片膝をついて頭を下げた。紫崎は廊下に控え、坂藤は下座にて信平と向き合った。

「お呼びくだされば、こちらからまいりましたものを」

恐縮して頭を下げる坂藤に、信平はさっそく告げる。

「本日は、眞壁殿の命を奪った下手人のことでまいった」

坂藤は驚きの色を浮かべる。

「御目付役が、畝殿と断定されましたか」

「そもそものほうは、何ゆえ畝殿と決めてかかっておったのじゃ」

坂藤は目を泳がせ、神妙に答える。

「知らせを受けて別宅に駆け付けたところ、争った跡もなく、そばには、血が付いた眞壁様の脇差《わきざし》が落ちていたからにございます」

信平は、寝所の天井まで飛び散っていた血を目に浮かべ、坂藤に問う。

「眞壁殿は新陰流を極められ、腕っぷしも強かったと聞いた。いかに気を許された敵殿が相手でも、殺気に満ちておれば気付かれたはず。妙だとは思わぬか」

坂藤が答える。

「今朝御目付役の田所様がまいられ、その話になりました。眞壁様は一日一升も飲まれる酒豪だったらしく、深酒をして眠られていたところを襲われたのではないかと」

紫崎が続いて告げる。

「それがしが駆け付けましたところ、寝所と、眞壁様の骸から酒の匂いがしておりました」

「さようか」

信平は応じ、坂藤の目を見た。坂藤の不安そうな顔は、何を思っての表情だろうか。

信平はそこを確かめるべく、次の一手を差した。

「麿が預かっておる娘御を別宅に連れて行き、何を訊こうとされた」

坂藤が答える前に、紫崎が口を挟んだ。

「御屋敷で申しましたように、娘が侵入者を見ておるなら、別宅に行けば思い出すかと考えてのことにございます」

坂藤は紫崎を一瞥し、信平に真顔で口を開く。

「娘が畝殿の子ならば、きっと何か見ているはずだと思ったのです。父親が眞壁殿か、分かりましたか」

信平は首を横に振った。

「まだ父の名も言えぬ五歳だ。顔を見せて確かめるべく眞壁殿の本宅に連れて行こうとしたが、家の者に拒まれて叶《かな》わなかった」

断絶が決まり、浪々の身となる家来たちの心情を思うと強く言えぬと伝えると、坂藤は娘を哀れみ、目尻に光る物を見せた。

坂藤の真心を見た信平は、紫崎に顔を向けた。

「そのほうに確かめたいことがある。これへ」

信平の前を示すと、紫崎は動揺した顔を坂藤に向けた。

坂藤が信平に問う。

「おそれながら、紫崎の何を、お確かめですか」

「まずは、これへ」

ふたたび促す信平に応じて、坂藤が場を空け、紫崎を手招きした。

紫崎は緊張した顔で立ち、坂藤が座していた場に正座する。そして、例のごとく羽織の袖を引いた。

信平はその手を一瞥し、紫崎の目を見据える。

「すまぬが、袖を上げて腕を見せてくれ」

紫崎は明らかに動揺し、袖を気にした。

坂藤が苦笑いをして代弁する。

「この者の仕草《しぐさ》が気になられましたか。幼い頃に負った火傷《やけど》の痕が両腕にありますから、無意識に、見せぬようにしているのです」

紫崎の表情の移ろいを、信平はじっと見つめている。坂藤の言葉に安堵の色を浮かべる紫崎は、腕をさすり、信平に笑みさえ浮かべて告げる。

「醜《みにく》い腕を誰にも見られたくなく、つい……」

信平は真顔で告げる。

「火傷の痕は、青黒くなるものではあるまい」

紫崎の顔から余裕が消えた。

信平は逃さぬ。

「火傷の痕かどうか、この目で確かめる。袖を上げよ」

善衛門は鈴蔵に、何ごとかと問う顔を向けた。

鈴蔵は、分かりませぬ、という顔を横に振っている。

坂藤は、目を泳がせ、羽織の右袖を引いて見せようとしない紫崎にいぶかしそうな顔で言う。

「おい紫崎、松平様がお望みだ。お見せせぬか」

紫崎は突然立ち、信平の前から下がった。

坂藤が怒鳴る。

「誰か！　紫崎を止めよ！」

廊下に控えていた家来が、紫崎の前に立ちはだかった。

紫崎はその者の肩をつかんで押し、足をかけて仰向けに倒すなり、刀を奪って抜いた。

「待て！」

庭に出てきた家来たちが止めようとすると、紫崎は刀を振るって遠ざけ、廊下に出た信平に必死の形相《ぎようそう》を向けた。額に汗をかき、目は大きく見開かれ、逃げるのに必死な悪人面だ。

紫崎は背後からつかみかかろうとした者から逃れ、刀を打ち下ろした。

「ぐああ！」

袈裟《けさ》斬《ぎ》りに胸を斬られて悲鳴をあげた男を見た紫崎は、信平を睨《にら》んだ。

「おのれさえ来なければ……」

逆恨みをぶつけ、刀を向けて迫る。

狐丸を預けて帯びていない信平だが、紫崎が一閃《いっせん》した切っ先をかわし、ずいと出る。腕を取って刀を止め、喉を指で突いた。

息ができず呻《うめ》く紫崎。

信平は腕をつかんだまま足をはらい、地面に背中から落とした。そして、羽織の袖を上げる。

右の手首にくっきりと、人につかまれた手の痕が、痣になって残っていた。

信平は、目を見張る紫崎に対し、殺気を帯びた顔を向けるなり、脇差を奪って切っ先を胸に向け、突き下ろした。

見ていた善衛門が、あっと声をあげる。

殺されると思った紫崎が、両手で信平の手首をつかんで止めていたからだ。

離れた信平は、横を向く紫崎を、悲しい目で見下ろした。

「眞壁殿は剣の達人のうえに、腕っぷしが強かった。胸を刺された時、そのほうの手をつかみ、残る力の限りを尽くして畝殿を守ろうとされた。違うか」

紫崎は、呆然《ぼうぜん》として答えない。

坂藤が庭に下りて紫崎に駆け寄り、顔を殴った。怒りに満ちた顔で怒鳴る。

「答えぬか！」

紫崎は目をつむって観念した。

「畝殿を悲しませる者が、許せなかったのです」

「馬鹿者！」坂藤はまた殴り、胸ぐらをつかんだ。「村の者に慕われておる貴様が、どうして眞壁様を殺めた！　どうしてだ！」

「眞壁がいけないのです。畝殿という人がありながら、百姓の娘だからという理由で本宅に入れず、あろうことか、正妻を迎えようとした。わたしは、畝殿を悲しませる眞壁が憎かった」

「だから殺めたのか」

責める坂藤に、紫崎は悪びれもせず告げた。

「畝殿とわたしの仲を邪魔するものは、誰であろうと容赦しない」

坂藤は驚いた。

「おぬしらは、深い仲だったのか」

「ええ、そうですとも。畝は、わたしのものだ」

そう答えた時の紫崎の表情を見ていた信平は、美しき骸を愚弄《ぐろう》する態度に憤りを覚えた。

「一方的な好意を抱き、己のものにしたい欲望を抑えられず凶行に走ったか」

紫崎が、常軌を逸した目を向けた。

「畝はわたしのものだ」

「では何ゆえ、畝殿は自ら命を絶たれた」

答えられぬ紫崎は、怒りに満ちた声をあげて起き上がろうとしたが、坂藤と家来たちが押さえつけて止めた。

信平が告げる。

「眞壁殿は、死力を尽くしてそのほうを止め、畝殿と子を逃がされたのであろう。そして畝殿は、そのほうの手から逃れるために、自ら命を絶たれた。そうに違いあるまい」

「知らぬ」

顔を背ける紫崎に、信平が問う。

「何ゆえ、下僕と下女まで手にかけた」

「奴《やつ》らは、わたしと畝殿の邪魔をしたからだ。思い知らせてやったわ」

「邪魔をしたのではなく、日々付きまとうそのほうから、畝殿を守ろうとしたのではないのか」

「畝はわたしのものだ！」

信平を睨んで叫ぶ紫崎を坂藤が殴り、口を閉じさせた。

「この大馬鹿者め！　厳しい沙汰《さた》があるものと覚悟しろ。牢《ろう》に閉じ込めよ」

「はは」

応じた家来たちが紫崎をつかみ起こし、牢屋に連れて行った。

紫崎はそのあいだ中、畝は自分のものだと叫んでいたが、坂藤が信平の前で片膝をついて頭を下げた。

「まさか、紫崎があのような真似をするとは思いもせず、大罪人を野放しにするところでした。このとおり、伏してお詫び申し上げます」

信平は、厳しい顔で告げる。

「薄々、感づいていたのではないか」

「いえ……」

「そのほうを責めはせぬ。麿は、預かっている子の父親を知りたいだけじゃ。正直に答えてくれ」

坂藤はきつく目を閉じ、観念してしゃべった。

「紫崎は、確かに畝殿に想いを寄せておりました。畝殿が百姓の娘だと知ってからは、己のものにしたいと、先ほど斬られた同輩にしゃべっていたようです。まさか、ここまでとは思いもせず……」

「娘は、誰の子じゃ」

「眞壁様と、畝殿のお子にございます」

「何ゆえ黙っていた」

「眞壁様に、口止めをされておりました」

すると、これまで黙っていた善衛門が口をむにむにとやって問う。

「何ゆえ口止めをする必要があるのか」

「畝殿を身分低き者と蔑《さげす》むご家来衆に知られるのを、恐れておられたのです」

本宅で会った用人の、頑固そうな顔を目に浮かべた信平は、娘を残してこの世を去った畝を哀れに思い、目をつむった。

「では、眞壁殿の願いどおり、娘の存在は忘れよ」

そう告げた信平は、紫崎を目付役に引き渡すよう坂藤に告げ、代官所をあとにした。

赤坂に帰る道すがら、善衛門が問う。

「殿、娘をいかがされるおつもりか」

「身寄りのない子を、松は放ってはおくまい」

「ほんとうに、引き取って育てるおつもりですか」

「松は口には出さぬが、そう思うておるはずじゃ。善衛門はいやか」

「いやなものですか。あの子が来てからというもの、奥方様は生き生きされております。素性もはっきりしましたから、ご養女にされるのはどうですか」

「養女か。ふむ、それもよい」

信平は、松姫が喜ぶ顔を想像しながら、家路を急いだ。

話を聞いた松姫は、身寄りをなくした女児を哀れんで涙を流し、抱きしめた。

「今日からそなたは、殿とわたくしの娘です。もう何も、怖がることはないのです」

女児は目に涙をためて、松姫の首にしがみ付いた。

晩秋の風が頰に冷たく、奥御殿の濡れ縁では、赤く染まった三枚のかえでの葉が、踊るように舞っている。

信平は、女児を慈《いつく》しむ松姫の声を聞きながらかえでの葉を見つめていたが、なんとなく、養女に与える名を考えはじめていた。

第二話　女の怒り

一

月見台で満月を眺めていた信平の肩に、そっと衣《ころも》がかけられた。

振り向いた信平に、松姫が微笑んで横に座り、銚子《ちょうし》を手にして注いでくれた。

盃を口に運んだ信平は、空を見上げる。

「美しい月だ」

「眩《まぶ》しいほどに」

信平は問う。

「朋《とも》は、今日も声を出さなかったか」

「はい」

「そうか」

引き取った子がこれから先、良き人に恵まれるよう願いを込めて朋と名付けたのは半月前だ。辛い目に遭ったせいか、松姫から離れようとせず、いつも不安そうな顔をしている。

心配する信平に、松姫は優しい笑みを浮かべた。

「朋には、時が一番の薬かと。焦らず見守ってやります」

「そなたの優しさが、あの子の救いとなろう」

「それは殿も同じです」

「磨もか」

「家の者が穏やかに過ごせるのは、殿がお優しいからにございます。この家の雰囲気が、朋のこころを開いてくれると信じています」

「辛い目に遭《お》うたあの子には、幸せになってほしい」

松姫はうなずき、ふたたび酌をしてくれた。

「明日はいよいよ、上様から拝領した麻布の町に行かれる日ですね」

「うむ」

「鷹司の名が許された町は、どのようなところでしょうね」

目を見つめて言う松姫に、信平は微笑む。

「佐吉が申すには、町の出入り口には総門がそのまま使われ、元大名屋敷の名残《なごり》があるそうじゃ」

松姫は不思議そうな顔をした。

「大名屋敷の門と塀が、そのまま残されているのですか」

信平はうなずいた。

「磨も驚いたが、町の木戸のように、夜は四つ（午後十時頃）に門を閉じ、夜明け前に開ける。漆喰壁もそのままで、外から見ただけでは町があるとは分からないらしく、盗賊などから守るには都合が良い」

「商家が多いのですか」

「うむ。いろんな商いをする店が集まり、昼間は活気に満ちていると佐吉が申しておった」

「見てみとうございます」

信平は笑った。

「そなたのことゆえ、そう申すであろうと思うていた。町の政《まつりごと》が落ち着けば、朋と共にまいろう」

「楽しみです」

酒を注いでくれた松姫が、思い出したように言う。

「善衛門殿は、まだ機嫌がなおらないのですか」

「そのことだ。今日も日本橋《にほんばし》あたりに出かけて戻ったが、町では銭才とその一味を倒した御公儀を称賛する声ばかりだと申して、怒っていたな」

松姫は笑みを消した。

「殿のためにはそのほうが良いというのに、どうして怒るのでしょう」

松姫が心配するのも無理はない。公儀の手柄としたのは、追撃を逃れた銭才の残党がいれば、信平を恨んで復讐《ふくしゅう》をする恐れがあると案じた将軍家綱の配慮だからだ。

善衛門もそのことは分かってはいるものの、民たちの口から信平の「の」の字も出ぬのが気に入らないようで、公儀を称賛する声を聞くたびに、機嫌を悪くするのだ。

「善衛門にも、時の薬がいるようじゃ」

笑って盃を差し出す信平に、松姫は酌をした。

「善衛門殿は、鷹司町の者たちに殿のご活躍を広めましょうか」

「そこは釘《くぎ》を刺しておるゆえ、言わぬであろう」

松姫は心配が尽きぬようだったが、信平はそっと肩を抱き寄せた。

「そなたがそうやって憂《うれ》えておると、朋が安心できぬぞ」

「はい」

松姫は笑みを浮かべて、信平の肩に頬を寄せた。

二

信平は翌日、善衛門と佐吉の三人で麻布に向かった。

佐吉の案内で鷹司町へ到着してみると、聞いていたとおり漆喰壁の長屋塀が続き、外から見ただけでは大名屋敷だ。かつての表門は、左右に石垣畳出の番所を備える立派な造りがそのまま残されており、門扉が閉ざされていれば、中に町があるとは誰も思わないだろう。

人が頻繁に出入りする表門から中に入ると、真っ直ぐな道が通されていて、左右には商家が軒を連ねていた。

「やはり、町だったな」

門から入ったところで立ち止まった信平に、善衛門が並ぶ。

「なかなか活気がありますな。行き交う者たちの表情も明るく、良い町ではないですか」

「うむ」

「さ、殿、まいりましょう」

佐吉に促されて、信平は通りへ足を踏み入れた。

白の狩衣《かりぎぬ》に紫の指貫《さしぬき》を着けている信平に気付いた商家の者たちが出てきて、店の前で正座して頭を下げた。

客たちは驚いたが、

「町のあるじになられた鷹司松平信平様だ」

店の者からそう教えられ、慌てて頭を下げた。

信平は佐吉を呼んだ。

「商いの邪魔になるゆえ、出迎えは無用と伝えよ」

「承知」

佐吉は先に走り、商家の者たちに伝えて回った。

応じた商家の者たちは立ち上がり、遠くの者まで信平に会釈《えしやく》をして商いに戻っていった。

通りがふたたびにぎやかになるのを待った信平は、笑顔で歓迎してくれる町の者たちに会釈で応じて歩みを進めたのだが、後ろから走ってきた男が目の前で頭を下げたのに足を止めた。

四十代と思しき男は、申しわけなさそうに告げる。

「手前は休楽庵《きゅうらくあん》の番頭為五郎《ためごろう》にございます。ご無礼を承知で声をおかけいたしました」

下がって地べたに正座しようとする為五郎を信平が止めた。

善衛門が問う。

「何ごとじゃ」

「手前は、門のそばにある旅籠《はたご》の者です。女将《おかみ》が是非ともごあいさつをしたいと申しておりますので、お足をお運びいただけないでしょうか」

善衛門が口をむにむにとやった。

「殿に来いとは、無礼であろう」

為五郎は地べたで平伏した。

「おもてなしをさせていただきとう存じます」

そこへ戻ってきた佐吉が、為五郎を見つつ善衛門に問う。

「何ごとですか」

「休楽庵の女将が、殿をもてなしたいようじゃ」

すると佐吉が、信平に歩み寄って耳打ちした。

「女将は面倒見が良く、町の者たちが頼りにしております」

信平は応じた。

「では為五郎とやら、まいろうか」

「はは。ご案内いたします」

腰を低くして先に立つ為五郎に付いて行くと、門を入った左手の建物に案内された。

町で一番大きいという二階建ての旅籠は、通りに面しては窓がなく、漆喰壁のため一見すると蔵にしか思えない。

善衛門が建物を見上げて口を開く。

「これが旅籠か。なんとも変わった趣向じゃな」

信平も蔵だとばかり思っていたと告げると、為五郎は喜んだ。

「女将がそう見えるようにしたのです。ささ、どうぞこちらでございます」

暖簾《のれん》はなく、路地に見える場所から入って行くと戸口があり、中に入ると正面に中庭の緑が見え、風情《ふぜい》がある造りだった。

その中庭を背に平伏していた一人の女が、顔を上げずに告げた。

「ようこそお越しくださいました。女将の久恵《ひさえ》でございます」

「面を上げなさい」

応じた久恵が、信平を見た途端に顔を赤く染めた。

何も言わず、うっとりした様子の久恵を見た為五郎が、慌てて歩み寄る。

「女将さん」

袖を引かれて我に返った久恵が、恥ずかしそうに立ち上がって奥へと誘った。

行こうとする信平に、善衛門が小声で言う。

「若い女将ですな」

「ふむ」

「旅籠が繁盛しておるのは、味よりも女将が目当てではないですかな」

善衛門はそう言うと、嬉しそうな顔をして信平を促した。

善衛門がおなごに興味を示すのは珍しいと思った信平は、佐吉と笑みを交わして廊下を進んだ。

待っていた久恵に続いて行くと、枯山水《かれさんすい》の庭が美しい廊下に出た。

どの座敷からも庭が見えるように工夫されており、通りに面した場所を壁にしたのは、泊まり客に外の騒がしさが届かぬようにするためだという。

通された座敷は、町中とは思えぬ静けさだった。

「良い座敷だな」

信平の感想を素直に喜んだ久恵は、改めて三つ指をついた。

膳を持った仲居たちが流れるように廊下を歩んでくると、信平たちの前に並べてゆく。

数々の料理に目を輝かせた佐吉が、信平に告げる。

「殿、ここの料理人は元武家だそうですが、料理の腕は日《ひ》ノ本《もと》一との評判で、味を求める客が絶えないそうです」

「江島様、お褒《ほ》めいただきありがとうございます」

久恵の対応に、善衛門が口を挟む。

「なんじゃ佐吉、女将とは顔見知りか」

「下見をしておった時に、茶を出してくれたのです」

「おお、そうであったか」

久恵が促す。

「温かいうちに、お召し上がりください」

「では、いただこう」

ごぼうから箸をつけた信平は、微笑んだ。

「確かに佐吉が申すとおり、良い味じゃ」

ふと廊下に目を向けると、先ほど料理を運んできた仲居たちが物陰からこちらを見ていた。

信平と目が合った仲居が慌てて下がったものだから、後ろで首を伸ばしていた者とぶつかってしまい、三人とも悲鳴をあげて庭に転げ落ちた。

騒ぎに慌てた久恵が、信平に頭を下げる。

「お詫び申し上げます」

「良い」

信平は笑った。

もう、と言った久恵が、仲居たちを叱って下がらせた。

申しわけなさそうにする仲居たちに代わって廊下に現れたのは、三十代の男だ。

久恵が、いいところに来たとばかりに、信平に紹介した。

「江島様にお褒めいただいた料理人でございます」

元武家の男は、皆の膳に汁椀《しるわん》を置いて下がり、居住まいを正した。

「中矢《なかや》陣八郎《じんぱちろう》と申します。以後、お見知りおきのほどを」

両手をついて頭を下げる陣八郎のことを、佐吉が付け足す。

「皆から殿様と呼ばれておるそうです」

「ご勘弁を……」

慌てる陣八郎に、善衛門が問う。

「どこの家に仕えておったのだ」

陣八郎は目を伏せ気味にした。戸惑っているようだが、それはほんの少しのあいだだった。

「もう十年も前の話ですが、北国の大名家に仕えてございました」

善衛門はさらに問う。

「何ゆえ武士を辞めた」

「主家が改易されたのです。両親は他界しており独り身でございましたから、禄を失ってからは国を出て、いろいろ旅をして暮らしておりました。そのあいだに料理を身に付け、去年からここで世話になってございます」

「なるほどの。それで殿様か」

善衛門に言われて、陣八郎は笑った。

「殿様と呼ばれるのは悪い気がせず、そのままにしておりました」

久恵が口を挟む。

「わたしは、ほんとうに殿様だったんじゃないかと思っているんです」

陣八郎は尻を浮かせて慌てた。

「女将さん、本物の殿様を前に恥ずかしいからやめてください」

「あら、いいじゃないの。こないだお客にちょっかい出そうとした酒癖が悪いお武家を追い返した時なんて、立派なものでしたよ。料理人にしておくのがもったいないほどでしたもの」

久恵の熱弁に、陣八郎は困り顔だ。

「この汁物は美味じゃ」

感想を述べた信平に、皆が注目した。

善衛門がばつが悪そうに言う。

「殿、話を聞いておられませぬのか」

気にせず肉を食べる信平に、陣八郎は助かったとばかりに告げる。

「お気に召していただき嬉しゅうございます」

信平は微笑む。

「これは、猪肉《しし》か」

「はい。丹波《たんば》の国を旅している時に猟師から教わった味です」

信平はうなずいた。

「もう一杯いただきたい」

陣八郎は応じてお椀を受け取り、板場に下がった。

陣八郎の過去はさておき、猪汁を堪能《たんのう》した信平は礼を言い、休楽庵をあとにした。

町を歩くと思ったよりも広く、一回りするのに半刻（約一時間）はかかった。

赤坂の屋敷に戻った信平は、さっそく合議をした。

「町に暮らす者は何人おるのじゃ」

信平の問いに答えたのは佐吉だ。

「御公儀から渡された帳面に記されておりますのは、二千三百と八人でございます」

「町の活気からすると、もっと多いように思えたが……」

「よそから買い物に来ている者たちかと。御公儀の町づくりで小さな商家が多く、その分いろいろな物を売っておりますから、客が集まるのでしょう」

「さようか」

善衛門が口を開いた。

「殿、町をご覧になっていかがでしたか」

信平は思うたまま答える。

「表門から真っ直ぐ通された道は商家が並び、活気に満ちて良い。されど細い路地を入ったところは薄暗く、知らぬ者の目には印象が悪いように思える」

善衛門は、自分もそう思っていたと言った。

「長屋の雰囲気も、あまり良いとは言えませんな。町の者が安心して暮らせるように、代官か名主を早急に置かねばなりませぬぞ」

信平はうなずいた。

「他の領地と同じように、ところの者から選びたい。そこで、これと思う者が見つかるまでは、佐吉、そなたを代官とする」

佐吉は目を見張った。

「それがしがでございますか！」

「大きな声を出すな」

横にいた善衛門が迷惑そうに言うと、佐吉はあやまり、信平に向いて両手をついた。

「殿、それがしには身に余る大役にございます。どうか、殿のおそばに仕えさせてください」

「これと思う者が見つかるまでのあいだじゃ。町のことはそなたに一任するゆえ、思うままにやってみよ」

「殿の思し召しじゃ。受けぬか佐吉」

善衛門に言われて、佐吉は信平に顔を上げた。

「一日も早《はよ》う、代官を見つけてくだされ」

信平は真顔で応じた。

「困難もあろうが、頼む」

「はは」

町は赤坂の屋敷に近いが、佐吉は妻子を連れて、町の一軒家に移ることになった。

三

佐吉が鷹司町に移ったのは、十日後だ。

国代《くによ》と仙太郎《せんたろう》は、住み慣れた家を離れるのを寂しがったものの、町が赤坂の屋敷に近いと分かり、そのうえ、信平から与えられた家が大きな一軒家だったのもあり大いに喜んだ。

特に仙太郎は、裏手に広い庭があるのを知ってさっそく出ると、声変わりをした声で告げた。

「父上、ここで弓の稽古《けいこ》ができます」

目を輝かせる仙太郎は剣術よりも弓が得意で、十射れば九は的の中心に当たる。

佐吉は目を細めた。

「好きなように使って良いぞ。ただし、剣術のほうも怠るな」

「はい」

「学問もですよ」

国代に釘を刺された仙太郎は、はぐらかして行こうとしたのだが、佐吉が呼び止めた。

「殿から聞いたが、若君は道謙様の命で、近々京の学問所に通われるそうだぞ」

仙太郎は廊下のそばに戻ってきた。

「それは、ほんとうですか」

「嘘《うそ》を言うてどうする。若君はいずれ、鷹司松平家をしょって立つお方だ。おそばにお仕えしたければ、お前も学問を怠るな。さもなくば、わしのように苦労するぞ」

「父上は、ご立派です」

佐吉は笑った。

「そうか。褒めてくれるか。じゃが、わしは葉山殿のようにはいかぬ。学問を怠らず、若君のお役に立てる者にならねばならぬぞ」

「分かりました。では、弓の次に学問に励みます」

頭を下げて走り去る仙太郎に、佐吉はしょうがない奴だと言いつつも、国代と笑った。

下男下女も一人ずつ雇うことになり、国代は的確な指示を出して片付けにかかった。

荷物も少なく、夕方にはひと段落して、その日は皆でささやかな酒宴をした。

佐吉は下男と下女を労い、気さくに接した。

「藤助《とうすけ》、香奈《かな》、短いあいだと思うが、今日から頼むぞ」

若い二人は恐縮していたが、国代と仙太郎も二人を囲んで明るく接したため、緊張が解けて穏やかな顔になった。

佐吉が改めて問う。

「二人は善衛門殿がよこしてくれたが、どういう関わりがあるのだ」

藤助が先に答える。

「葉山家のご領地が千住《せんじゅ》の先にあるのですが、わしらはそこの村の者です」

「では、二人とも家は百姓か」

「はい」

明るく返事をする香奈は、笑うと愛嬌《あいきょう》がある顔をしている。

藤助は二十歳、香奈は十八と聞いて、国代が二人を順に見た。

「お似合いね。夫婦《めおと》になればいいのに」

すると藤助が目を見張った。

「奥方様、とんでもねえです。香奈はわしの妹ですから」

「え！」

国代が驚いたものだから、佐吉が手を合わせた。

「すまん、先に言うておくべきだった」

「もう」

笑った国代が、兄妹《きょうだい》にごめんなさいと言い、改まって告げる。

「藤助さん、奥方はやめて。なんだか恥ずかしいから」

「いやあ、わしらにとって佐吉様は殿様ですから、国代様はやっぱし奥方様です」

「そうですとも奥方様」

「もう香奈さんまで」

「奥方様、どうか香奈とお呼びください」

香奈に平伏された国代が、困った顔を佐吉に向けた。

「良いではないか。短いあいだだ」

佐吉はそこを強調して、国代を納得させた。

翌日、朝餉をすませた佐吉は町に出かけようとしていたのだが、藤助が来客を告げてきた。

米屋のあるじ治平《じへい》と、蠟燭屋のあるじ万兵衛《まんべえ》が揃って訪ねてきたのだ。

「ちょうど良い。町のことを聞くとしよう。通しなさい」

そう告げた佐吉は、表の八畳間に入った。ここは六畳の次の間と合わせればけっこう広く使える。

外廊下の先には表の庭があり、防草のために玉砂利が敷かれている。

藤助は二人の商人を庭に案内してきた。

佐吉が声をかける。

「二人とも、遠慮せず上がりなさい」

すると、太った三十代の男が小走りで駆け寄り、立ったまま深々と頭を下げた。

「手前は、通りで米屋をしております治平と申します」

小柄な男が続く。

「その右隣で蠟燭屋をしております万兵衛……」

万兵衛は声が上ずって咳《せ》き込んだ。

佐吉が手招きする。

「そう緊張するな。さ、ここへ座れ」

正座している佐吉が前を示すと、二人は足の埃《ほこり》を払って廊下に上がり、座敷には入らず頭を下げ、持っていた風呂敷《ふろしき》包みを差し出した。

二つの品に目を落とした佐吉が、二人を順に見て問う。

「これはなんだ」

すると治平が風呂敷を解いた。

「ほんの気持ちでございます」

見せられたのは物ではなく、小銭ばかりを入れた小さな壺《つぼ》。

万兵衛も同じく小銭が入った壺を差し出した。

佐吉は二つとも押し返した。

「こういうのはなしだ。二人とも、持って帰りなさい」

佐吉の人柄に触れて、二人は顔を見合わせてうなずき合うと、揃って頭を下げた。

万兵衛が言う。

「今日うかがいましたのは、是非とも相談に乗っていただきたいことがあるからでございます」

「なんだ、悩みごとか」

「はい」

「町のことか。それともおぬしらの家のことか」

「両方にございます」

「わしは町を暮らしやすくするために、殿に命じられてここにおる。気をつかわず話してみなさい」

「実は、手前と治平さんは、この町で商いをさせていただくために、品川《しながわ》の金貸しから元手を借りたのでございますが、その返済が苦しく、殿様に納める借地代がどうにもなりません」

そこまで言ってうつむいてしまった万兵衛に代わって、治平が身を乗り出した。

「どうかこのとおり、借財を返し終えるまで、借地代を待ってはいただけないでしょうか」

手を合わせて懇願された佐吉は、銭が入っている欠けた壺を見て気の毒に思った。

「この壺にはいくら入っている」

「細かくてすみません。小判にしていただければ、三枚にはなりましょうか」

佐吉は腕組みをして、二人に顔を上げた。

「表通りの借地代は年に十両だ。決して高いとは思わぬが、それでも厳しいのか」

治平が眉尻を下げた。

「なにぶんにも、借財の返済が厳しいもので」

「商いはうまくいっていないのか」

「それなりに売れてはいるのですが、返済が……」

「江島様、手前どもの命をお助けください。どうか、借地代をお許しください」

万兵衛に拝まれた佐吉は、待った、と言って手の平で制した。

ぎょっと目を見開いた万兵衛が、

「まるで団扇《うちわ》のように大きな手でございますね」

言っておいてはっとなり、手で口を塞《ふさ》いだ。

その軽口と態度が気になった佐吉だが、二人に告げる。

「すまぬが、借地代の件はわしの一存では決められぬ。明日にでも殿に相談するから、今日はこれを持って帰れ」

壺を引き取った二人は、

「どうか、お願い申し上げます」

声を揃えて頭を下げ、帰っていった。

「初日からこれだと、先が思いやられる」

そう独りごちた矢先に、藤助がまた来客を告げた。

今度は菜物屋が来て、売り物の菜物を差し出し、同じように土地代が払えないと言う。

商人の腹の中を見た気がした佐吉は、後日伝えると言って帰らせると、国代に赤坂の屋敷に戻ると告げて家を出た。

屋敷に着き、信平を捜して廊下を歩んだ佐吉は、五味の笑い声を聞いて居間に急いだ。

お初の味噌汁を片手に、大口を開けて笑っている五味の前には、呆《あき》れ顔で薄い笑みを浮かべた信平が座っていた。

佐吉が声をかける前に気付いた信平が、案じる面持ちを向ける。

た。

「佐吉、いかがした」

するると善衛門が振り向き、五味は笑みを消して味噌汁をすすり、お椀を膳に置いた。

信平の前に座して頭を下げた佐吉は、商人たちの報告をしたのちに己の考えを述べた。

「皆、借地代を払う気がないのかもしれませぬ」

信平は返答をせず、考える顔をした。

善衛門が口をむにむにとやり、不服を漏らす。

「御公儀が殿にくだされる領地は、いつも何かしら問題を抱えておりますな」

すると五味が笑い、なんでもないように告げる。

「御公儀の土地から信平殿の土地になったものだから、借地代を一文でも安くしようって腹じゃないですか」

善衛門が目くじらを立てた。

「けしからん奴らじゃ。殿は、江戸が焼け野原になるのを防がれたのだぞ」

「善衛門、それを申すな」

信平に止められた善衛門は、商人に怒って膝をたたいた。

五味がまあとなだめて告げる。

「厳しくすれば、途端に信平殿が鬼扱いされますよ」

佐吉は、五味に賛同する信平を横目に問う。

「では教えてくれ。商人に借地代を出させるには、どうすればいい」

五味は得意げな顔で応じる。

「町には必ず、商人たちを束ねる者がいるはずだから、そいつを見つけて説得するしかないでしょうな」

そこにお初が来た。

ちらと見た五味は人が変わったように真剣になり、佐吉に言う。

「佐吉殿、困っているなら、北町奉行所与力《よりき》のそれがしが手を貸そう」

「いや、そこまでは望まぬ」

「遠慮するな。信平殿、どうです？」

「佐吉、町に詳しい五味を頼れ」

お初にいい顔をしたいだけのようにしか思えぬ佐吉だったが、信平に従い、五味に頭を下げた。

応じた五味は立ち上がった。

「今から行こう」

「え、今から」

「こういうことは、早いほうがいい。ではお初殿、行ってまいりますぞ」

佐吉は信平を見た。

信平が笑ってうなずくので、佐吉は仕方なく応じて、張り切る五味に続いて屋敷を出た。

四

「信平殿、穴があったら入りたいです」

首を垂れて背中を丸める五味は、夕方に戻ってきた。

話はこうだ。

鷹司町へ行った五味は、さっそく商人たちを束ねる者を探したところ、折よく寄り合いがされていると知って休楽庵におもむいた。

そこには治平と万兵衛もおり、主だった店のあるじたちが三十人ほど集まっていた。

皆のまとめ役である呉服屋の宗五郎《そうごろう》は、北町奉行所与力の五味が来たことで何ごとかとうろたえたが、借地代の件だと知ると、泣きそうな顔で手を合わせた。

集まっていた商人たちは、まさにそのことで話をしていたと言い、助けを求めたのだ。

五味は、公儀の領地だった時はどうしていたのか問うた。

改易となった大名家から召し上げたこの土地は売られることなく、公儀は商人たちに土地を貸していたからだ。

すると宗五郎は、借地代は払っていたと言うではないか。

そこで五味は、あるじが替わっても借地代は同じなのだから払うべきだと言ったのだが、商人たちは、生きていくのに精一杯で、借地代を取られたらやっていけないと口を揃え、一同が平伏した。

佐吉に訴えたように、店を出す時に借りた金を返すのがやっとで、借地代に回せないと言うのだ。

そこまで話した五味は、ようやく顔を上げた。

「首をくると言った者は切羽《せっぱ》詰まっているようで、脅《おど》しとも思えないのです。お役に立てず、申しわけない」

五味に詫びられた信平は、首を横に振った。

善衛門が腕組みをして、険しい顔で言う。

「やはり御公儀は、厄介《やっかい》な土地を殿に押し付けましたな。さしずめ、御公儀の役人も町の者たちに泣き付かれて、手を焼いておったのでしょう。大名家から召し上げた土地に新しい町を作ったまでは良いが、土地を払い下げず借地にしたのがいけなかったのでしょうな」

佐吉が言う。

「殿が払い下げてはいけぬのですか」

善衛門が渋い顔を向ける。

「鷹司町は、町ではあっても拝領屋敷と同じ。民は暮らしているが武家地ゆえ、御公儀の許しなく売ることなどできぬ」

「では、許しをいただきましょう」

「それもだめじゃ」

「どうしてです」

「上様は町の実情を御存じなかったに違いなく、借地代が入る町だからこそ殿にお与えくだされたのだ。商人から取れぬから売りたいなどと言えば、上様の顔に泥を塗ることになる」

「確かに」

佐吉はどうすればいいかと言って、頭をかいた。

信平はこれを受けて、一筋縄《ひとすじなわ》では行きそうにないと思う気持ちが口を衝《つ》いて出た。

「銭才との大きな戦いが終わり、江戸の民は安寧に暮らせると思うていたが、いざ町に目を向ければ、別の苦があるのだな」

善衛門が応じる。

「それが世の中というものです」

「ならばせめて、麿の領内に暮らす者は苦しまぬようにしてやりたい。佐吉、借地代は、当面免除いたそう」

善衛門が愕然《がくぜん》とした。

「殿、それはいけませぬ。賃料が入らなければ、あの町を拝領した意味がございませぬ。初めが肝心ですぞ。ここで免除すれば商人たちは味をしめて、何かと言いわけをしてこの先も免除してくれと言いだす恐れがござる」

「そう申すな善衛門。麿は、町の者たちを信じたいのじゃ」

「しかし……」

信平は善衛門に手の平を向けて制した。

「見た限りではどの店も繁盛していただけに、借財の返済があるにしても、商人たちの暮らし向きが苦しいのは解せぬ。そこで佐吉、一旦は商人たちの望みどおりにして落ち着かせ、代官として、町の様子に目を光らせてくれ。それが町を良くする第一歩と思うが、善衛門の考えはどうか」

善衛門は表情を明るくした。

「そういうことならば、従いまするぞ」

「では佐吉、頼む」

「承知しました」

信平の期待に応えるべく、佐吉は立ち上がった。

「これより鷹司町に戻り、商人たちに伝えます」

頭を下げて行こうとした佐吉に、五味が声をかける。

「一人では大変だろうから、何かあれば遠慮なく言ってくれ。町のことなら力になれる」

笑みを浮かべる五味に顎を引いた佐吉は、鷹司町へ戻った。

翌朝、家族と朝餉をすませた佐吉は、呉服屋の宗五郎に借地代免除を告げるべく出かけた。

表の戸口から出た佐吉は、柱に背中を預けてしゃがんでいる者がいたので驚いた。

「誰かと思えば鈴蔵ではないか」

鈴蔵は笑って立ち上がり、頭を下げた。

「殿から助太刀《すけだち》を命じられて来ました」

「そうか。それは助かる。今から商人たちと話をしに行くから来てくれ」

「承知」

佐吉は鈴蔵と肩を並べて、見廻《みまわ》りを兼ねて町を歩いた。

通りを表門に向かって歩いていると、万兵衛の蠟燭屋から浪人が出てきた。楊枝《ようじ》を
くわえている浪人は、目の前を横切った町の女ににやけた顔を向け、楊枝を飛ばして
足早に去った。

いかにも素行が悪そうな浪人を目で追っていた佐吉は、蠟燭屋の暖簾を分けて中を
覗いた。すると、万兵衛が顔から血を流して三和土《たたき》に倒れていた。

「おいどうした！」

佐吉が起こしてやると、万兵衛は目を開け、苦しそうに口を開く。

「江島様、やっぱり、借地代はどうにもなりません。借財の返済を待ってくれと言い

ましたら、こんな目に……」

「先ほど出ていった野郎か」

「はい」

佐吉は鈴蔵に浪人を捕まえると言って、二人で追った。だが、捜しても姿はどこにもなく、鈴蔵が門の外へ行くというので、佐吉はどこの誰か問うため蠟燭屋に戻った。

表の戸口から入ると、万兵衛は若い女に手当てをしてもらっているところだった。

若い女は、鴨居《かもい》よりも背が高い佐吉を見るなり目を見張ったが、

「てめえ、また来やがったか」

恐れるどころか万兵衛を痛めつけた者だと決めてかかり、大人しそうな顔に似合わぬ伝法《でんぽう》な口調で怒鳴るや、よくもやってくれたな、などと言って殴りかかってきた。

佐吉は女の手首をつかんで止めたのだが、女は武術の心得があり、膝で急所を蹴られてしまった。

地獄の苦しみに襲われた佐吉は、股間を押さえて両膝をつき、声も出ぬ。

脂汗を浮かべて苦しむ佐吉を見下ろした女が、心張棒《しんばりぼう》を持ち出して振り上げた。

ぐったりと横になっていた万兵衛は、相手が佐吉だと知って慌てて起き上がり、頭

をめがけて心張棒を打ち下ろそうとした女の背後から抱き付いて止めた。

「美鈴《みすず》ちゃん駄目だ。この人は信平様のご家来だよう！」

美鈴は絶句して心張棒を落とし、苦しむ佐吉の背中をさすった。

「ごめんなさい！」

しばらく苦しんでいた佐吉は、ようやく痛みが治まって息ができるようになった。

「ほんとうに、ごめんなさい」

頭を下げる美鈴に、佐吉は大丈夫だと言い、どこの娘か問うた。

美鈴よりも先に答えたのは万兵衛だ。

「隣の質屋、七宝堂《しっぽうどう》の一人娘です。父親は金七郎《きんしちろう》、母親はお銀《ぎん》と申しましてね、二人ともいい人なんです」

いかにも金が好きそうな親だと佐吉は思った。

すると万兵衛が小声で言う。

「今、金が好きそうな名だと思われたでしょう」

「いや……」

佐吉がちらと美鈴を気にすると、万兵衛が笑って言う。

「そのとおりでございましてね。父親は一文の銭にうるさく、母親は米一粒とて、粗末にするのを許さないんです。なあ美鈴ちゃん」

「ええそうよ」

美鈴が笑うと、万兵衛が楽しそうに佐吉に続ける。

「美鈴ちゃんはですね、そんな親に育てられたとは思えないほど気前が良くて、とにかくお節介《せつかい》焼きで、銭を落として困っている者がいれば財布ごと渡したり、町のために働くのが大好きな子なんです」

佐吉は美鈴に問う。

「金を渡したりして、親御さんは怒らないのか」

「はい。人助けのために使うならいいんです」

美鈴はまだ十七歳だと聞いて、佐吉は舌を巻いた。

「わしが十七の頃は、人のことなど気にせず剣の修行に明け暮れておったぞ」

「だいたいそうですよ人というものは。若い頃から人助けなど、滅多《めった》にいやしません」

「いや、一人いるな」

佐吉が言うと、万兵衛が興味を持った。

「そいつは美鈴ちゃんにお似合いだ。どこの誰です？」

「わしの殿だ」

万兵衛は臆面《おくめん》もなくがっかりした。

「殿様じゃ、嫁に行けませんね」

「ちょっと万兵衛さん、やめてよ」

本気で怒る美鈴に、万兵衛は肩をすくめたものの、痛そうな顔をして首の後ろをさすった。

「大丈夫？　どこが痛いの」

「平気平気、美鈴ちゃんに介抱《かいほう》されたから治ったよ」

「だめよ無理しちゃ」

心配する美鈴は、万兵衛が言ったとおり優しい気性のようだ。

横になった万兵衛に、佐吉が問う。

「やったのは金貸しの手下だな」

「はい」

「どこの誰だ」

万兵衛はあとの仕返しを恐れているのか、すぐに答えようとしない。

美鈴が不服そうな顔を佐吉に向けた。

「萬田屋《まんだや》の寅正《とらまさ》ですよ。ほんとうに酷い奴ですから、休楽庵の女将さんと、どうやったら懲らしめられるか考えているところです」

「休楽庵《こ》の女将と二人でか」

「ええ。女将さんは町のことを一番に考えてらっしゃるから、あたし尊敬しているんです」

「ほおう」

感心する佐吉の前で、万兵衛が慌てた。

「美鈴ちゃん、危ないからやめてくれ。休楽庵の女将とお前さんは、萬田屋寅正の恐ろしさを知らないから……」

「知ってるわよ。平気で人を殴るんでしょう。あたしも女将さんも、そんなの怖くないもの」

かなりのはねっ返りだと佐吉が思っていると、万兵衛が本気で心配した。

「奴は金を借りる時は仏、返す時は地獄の閻魔《えんま》と言われるほど、たちが悪い金貸しなんだから、邪魔をすると何をされるか分からないよ。女将さんだって、やくざみたいなのを相手にしたら、商売の邪魔をされるどころか、攫《さら》われでもしたら、生きて帰れなくなるよ」

今の言葉で、美鈴は不安の色を浮かべた。

見逃さない佐吉は、万兵衛に問う。

「そんな奴から、どうして金を借りたんだ」

万兵衛はため息をつき、辛そうな顔で告げた。

「借りる時の仏顔に騙《だま》されたんです。手前だけじゃなく治平さんも、呉服屋の宗五郎さんだってそうです」

「寄り合いにいた他の者たちもか」

「はい。あの寄り合いは、萬田屋に苦しめられている者の集まりです」

この町に店を出しているほとんどの商家が、萬田屋の真の姿を知らずに金を借りたという。

新しく町ができると知った寅正が目を付け、商人たちに金を貸していたのだ。

佐吉は心配した。

「酷い目に遭わされているというが、殴られるよりもっと辛い思いをしている者はいるのか」

「娘を連れて行かれそうになって夜逃げをした者がいますが、その娘が濃い化粧をして品川の旅籠で働いているのを見た者がいます」

美鈴が口を挟んだ。

「それって、萬田屋に捕まったってこと？」

「ああそうだよ。可哀そうに、辛い商売をさせられているに違いないんだ」

「辛い商売って？」

無垢《むく》な美鈴に聞かせる話じゃないとばかりに、万兵衛は押し黙った。

美鈴に問われた佐吉は返答に困り、

「とにかく、辛い仕事だ」

そう言って話題を変えた。

「殿は当面、借地代を免除される。二度と殴られないように、早く金を返せ」

万兵衛は急に顔をくしゃくしゃにして、男泣きをした。

「もうとっくに借りた金は終わっているはずなのに、いくら返しても元金が減らないんです」

まさに地獄。

佐吉は腹が立ったが、気持ちを落ち着かせて告げた。

「とにかく、今は逆らうな。美鈴も、腹が立つ気持ちは分かるが、わしにしたようなことをしてはならぬぞ」

美鈴はばつが悪そうな顔で応じ、頭を下げた。

蠟燭屋から出ると、鈴蔵が待っていた。

「萬田屋を探りますか」

「いや。まずは殿にご報告する」

佐吉はそう言って、赤坂に戻った。


佐吉から話を聞いた信平は、一人の金貸しのみが利を得ているのが気になった。

「大名屋敷が町にされる際、商人たちは店を出す願いを出したはず。店を開くための資金が乏《とぼ》しい者たちの名を、萬田屋にいち早く教えた者がいるのではないか」

善衛門が信平に問う。

「御公儀の誰かが、萬田屋と結託《けったく》しているとお考えか」

「麿の考えすぎならば良いが」

信平は、案じずにはいられなかった。

五

「おい治平、利息を払わないとはどういうことだ」

寅正の手下が懐に手を入れ刃物を抜く真似をして凄《すご》んだ。

「何してるんだい」

声をかけて表から現れたのは、久恵と美鈴だ。

振り向いた手下が舌打ちをした。

「おめえたちには関係ないだろう。すっこんでろ！」

久恵と美鈴が恐れず歩み寄り、美鈴が腕組みをして告げる。

「黙っていられるもんですか。治平さんは、もうとっくに借りた分は返したって言うじゃないの」

「馬鹿言うな。利息ってもんがあるんだ」

「それだって高すぎでしょう。今お代官様を呼んだから、脅して金を取ろうとしたって言ってやる」

手下は怯《ひる》んだ。

「そ、そんなことしたってな、こっちには証文があるんだ。まだ借金はたんまり残ってるんだよ」

「ここは鷹司様の町なんだから、借りた金を返し終えてもまだ証文が生きているかどうか、お代官様がお決めになるわよ。悪徳だとご判断されたら、きっとお縄ね。覚悟なさい」

早口でまくし立てる美鈴の迫力に、大の大人が返す言葉もない。

「この野郎、覚えてやがれ」

苦し紛れに吐き捨てて、手下は逃げるように店から出ていった。

俄然《がぜん》強気になった治平が表に塩をまき、

「もう来るな！」

叫んだものの、手下を待っていた浪人に鋭い目を向けられて息を呑《の》んだ。

浪人がこちらに来ようとしたので、治平は悲鳴をあげて下がった。

「治平！　大丈夫か！」

通りに響く大声をあげて来る佐吉に、治平は助けを求めて迎えに行く。

浪人は舌打ちをして下がり、走り去った。

一日中雲ひとつなく晴れていた日の夕方、萬田屋の広い座敷にいた寅正は、十人の手下どもと酒を飲みながら苦い顔をしていた。信平のことをよく知らぬ寅正は、代官として町に入った佐吉を陰から見て戻り、焦っていたのだ。

盃の酒を喉に流し込んだ寅正は、舌打ちをした。

「これからが旨《うま》い汁を吸うばかりだったというのに、あの大男が出てきたんじゃ、恐ろしくて近づけもしねえや。貸した金の二倍三倍儲《もう》けられなくなったぞ」

悔しがる寅正に、手下で番頭の龍三《りゅうぞう》が酒をすすめた。

寅正にとって知恵袋の龍三は、酌をして銚子を置き、狡猾《こうかつ》そうな笑みを浮かべる。

「旦那様、恐れることはありませんよ。町の名にもなったあるじの鷹司信平という殿様は、治平や万兵衛たちの願いを聞いて、旦那様に金を返し終わるまで借地代を免除したそうです」

寅正は驚いた。

「そいつはほんとうか」

「はい。何日か前に呉服屋の宗五郎が教えてくれましたから、間違いありません」

寅正が身を乗り出す。

「殿様は馬鹿なのか」

龍三は笑った。

「元公家《くげ》らしいので、呑気なのでしょう。代官も身体が大きいだけで知恵はなさそうですから、恐れることはありませんよ。こちらが手荒な真似をせず商人どもから利息を取り続ければ、それなりの儲けになります」

寅正が目を細める。

「おめえが得意の、生かさず殺さずってやつか」

「ええ。ゆっくりと、骨の髄《ずい》までしゃぶり尽くしてやりましょう」

「骨の髄と言えば、とっ捕まえた笠屋《かさや》の娘はどうだ。稼いでいるのか」

「ええ、母親と二人合わせて、月の利息以上は稼いでいます」

「着物や帯を高く買わせて借金を減らさず、役に立たなくなるまで働かせろ」

「言われるまでもなく」

狡猾な顔で応じる龍三に、寅正は機嫌を良くして酌をしてやった。

そこへ、もう一人の手下、取り立て役の浪人磯片十内《いそかたじゅうない》が仏頂面で戻ってきた。

手代から枡酒《ますざけ》を受け取った磯片は、一息に飲み干し、唇を手の甲で拭って息を吐いた。

龍三が膝を転じて問う。

「兄弟、どうだった」

「どうもこうも……」

目を合わせようとしない磯片に、寅正が表情を厳しくした。

「殿様が借地代を免除して日が経《た》つというのに、今日も金を取れなかったのか」

「休楽庵の女将と七宝堂の娘が出しゃばってきたのだ。もう元金は終わっているはずだなどと言うて取り立ての邪魔をする。目障《めざわ》りでかなわん」

龍三がため息をついた。

「あの二人に吹き込んでいるのは、美鈴の母親のお銀だ。あの女の商才で七宝堂は大きくなったと言われるほど銭勘定が優れているから、高利貸しを目の敵《かたき》にしやがる」

磯片が寅正に鋭い目を向ける。

「こうなったら、美鈴を攫ってお銀を黙らせるか」

寅正が舌なめずりをした。

「美鈴は何歳だ」

「確か十七だ」

「いい歳じゃねえか。わしの旅籠で働かせてやろう」

磯片が手を振って拒否した。

「あのはねっ返りはだめだ。客が手を出そうものなら嚙み付くぞ」

「はは。そいつはおもしろいではないか。連れて来い」

「旦那様、いけません」

龍三が口を挟んだ。

「手出しをせずに金をしぼり取ろうと言ったばかりです。美鈴を攫えば代官が黙っていないでしょうから、邪魔な女どもは、事故に見せかけて殺してしまうのが良いかと」

寅正は渋った。

「殺してしまうのは、可哀そうだしもったいない気がするな」

「旦那様、金が取れなくてもよろしいのですか」

龍三に睨まれて、寅正は首をすくめた。

「分かったよ。お前たち二人にまかせる」

応じた龍三が、磯片を誘って座敷を出ていった。

「今日もいい天気」

晴天を見上げた美鈴は笑みを浮かべて、休楽庵に向かって歩いていた。

大きい通りはいつにも増して人通りが多いため、人とぶつかるのを嫌った美鈴は、路地を入って別の通りへ出ると、左右を見て微笑む。

店ではなく、商家で働く者や職人たちの家が並ぶこの道は、静かで落ち着いていて、美鈴のお気に入りだ。

江戸の大きな町のように家々を囲む板塀もなく、季節がいい頃は、家の周囲に植えられている木々が美しい。

今はほとんど葉が落ちて寒そうだが、松の木などは手入れがされていて、景観をよくしている。

ひと際大きな家の前を歩いている時、子猫の鳴き声がした。

どこで鳴いているのか探すと、家の前にある高い木の上に、茶虎の子猫がいた。枝にしがみついて、不安そうに鳴いている。

美鈴が声をかけると顔を向けてきたのだが、頭が重くて落ちそうになった。

「動いたらだめよ！」

焦った美鈴は、近くに梯子《はしご》を見つけて走り、木にかけた。

「今助けるから、そこにいて」

声をかけ着物の裾を端折《はしょ》って帯に差し込み、梯子をのぼった。美鈴はこういう時のために、素足があらわにならないよう股引《ももひ》きを穿《は》いているから躊躇いがない。

前にも屋根から下りられなくなっていた猫を助けたことがある美鈴は、怖がらないよう声をかけながらのぼっていく。

「おーい！　危ないぞ！」

通りがかった町の男に声をかけられた美鈴は、下を見て白い歯を見せる。

「大丈夫、高いところは平気だから」

上を向き、子猫に手を差し伸べた。

「ほらおいで」

震えていた子猫は、大人しく捕まえさせた。

美鈴は頬を寄せて可愛がり、胸元に入れて頭をなでた。

「いい子ね。もうすぐだからじっとしているのよ」

そう言って下りようとした時、足をかけていた段が折れた。

「あっ」

「危ない！」

男の声が聞こえた美鈴だったが、梯子から落ちて地面にたたきつけられた。

「美鈴ちゃん、しっかりしろ！　誰か、誰か来てくれ！」

男の大声を聞いて家から出てきた女たちが、猫を抱いたまま気を失っている美鈴に驚き、大騒ぎになった。


佐吉が七宝堂に駆け付けたのは、昼過ぎだ。

医者が戸口から出てきたので声をかけると、佐吉をはじめて見たため大きさにたじろいだが、代官だと知って神妙に応じた。

「ここの娘が梯子から落ちて大怪我《おおけが》をしたと聞いたが、どうなのだ」

佐吉の問いに、医者は渋い顔をした。

「見ていた者が言いますには、抱いていた子猫をかばって背中から落ちたものですから、頭を強く打って意識が戻りません」

「目ざめるのか」

「頭の血は止まりましたが、なんとも。今は、様子を見ることしかできませぬから、一旦帰らせてもらうところです」

心配して集まっていた町の者たちがどよめき、治平と万兵衛が医者に詰め寄った。

「ほっといて帰るなよ」

「そうだ。どうにか助けてくれよう」

泣きそうな顔で言う万兵衛に、医者は祈るしかないと言い、付き人を連れて帰っていった。

佐吉が戸口から入ると、鬢《びん》を乱した父親が三和土《たたき》にへたり込み、この世の終わりのような顔をしていた。

「金七郎」

声をかける佐吉に朦朧《もうろう》とした顔を上げた金七郎が、はいと応じる。

「気を確かに持て。娘御の見舞いをさせてくれぬか」

「ありがとうございます」

力なく立ち上がった金七郎が、奥へ案内した。

中庭を横目に廊下を奥に行くと、茶虎の子猫が部屋の前で丸まっていた。

「どけ」

金七郎は、お前のせいだと言わんばかりに邪険に扱い、佐吉に腰を折って中へ促した。

布団に寝かされている美鈴のそばには、母親のお銀と久恵が座っていた。

久恵が佐吉に頭を下げ、お銀が訴えた。

「江島様、娘は命を狙われたに違いありません」

「どういうことだ」

佐吉が中に入って正座すると、久恵が膝を転じて告げる。

「わたしが調べました。近所の人の話では、美鈴ちゃんが使った梯子は、前から竹藪《たけやぶ》の中に捨てられていた物で、今日に限って猫がいた木のそばに置かれていたのです」

「たまたまではないのか」

「いいえ、梯子を持って来ていますからご覧ください」

裏庭で見せられた梯子は、長いあいだ外に置かれていたせいで、木がもろくなっていた。

久恵が言う。

「美鈴ちゃんは子猫を助けたい一心で、確かめず使ってしまったのでしょうけど、竹藪にあった物が木のそばに置かれていたのは、おかしいとは思いませんか」

お銀が続いて訴える。

「猫だって、誰かが木の上に置いたに違いありません」

「確かに妙だな。見ていた者に聞きたいが、今どこにいる」

久恵が応じる。

「表にいるはずです」

佐吉が表に行こうとすると、お銀と久恵が自分も聞きたいと言ってついてきた。

戸口から出て、美鈴を助けた者に話を聞くと、やはり朝見た時は、木のそばに梯子は置いてなかったという。

「危ないと言ったんですがね、美鈴ちゃんは猫を助けるのに夢中で、高いところも平気だと言うもんですから。あっしが止めておけば、こんなことにはならなかったのに」

悔しがる男の肩をたたいた佐吉は、梯子を置く者を見た者はいないか声をかけたが、誰も前に出てこない。

久恵が佐吉に、悔しそうな顔を向けた。

「萬田屋の仕業に決まっています」

「そうと決めるのは早い。見た者を捜そう」

「皆さんお揃いで、いったいなんの騒ぎです？」

低くよく通る声に佐吉が顔を向けると、恰幅《かっぷく》のいい男が手下を従えて歩いてきた。

お銀が目くじらを立てた。

「萬田屋寅正、よくもあたしの娘を……」

寅正に殴りかかろうとしたのを、佐吉が止めた。

「離してください。こいつがやったに違いないんですから」

「気持ちは分かるが落ち着け」

佐吉が金七郎にお銀を託して下がらせると、寅正が神妙な顔で言う。

「お代官様、手前にはなんのことか分からないのですが……」

佐吉は寅正を睨んだ。

「ほんとうに、美鈴に何もしていないのか」

「美鈴といえば、七宝堂の一人娘ですね。何かって、何です」

「惚《とぼ》けやがって!」

お銀が大声で怒鳴り、髷《まげ》から簪を抜いて襲いかかろうとするのを、金七郎が必死に止めた。

久恵が悔しそうに言う。

「しらばっくれたって、お天道様《てんとさま》はお見通しだ。美鈴ちゃんがこのまま目をさまさなきゃ、わたしが許さないから覚悟しな」

寅正は動じず、佐吉に顔を向けた。

「お代官様、何があったか知りませんがね、あんな言いがかりを許しちゃいけませんや。手前は用事がありますので、ご無礼させていただきますよ。治平さん、中で話しましょうか」

店の表に出ていた治平は、寅正から声をかけられて動揺したが、中に入った。

佐吉が戸口から見ていると、治平は美鈴のことで恐れているらしく、上がり框《がまち》に腰かけた寅正に対し、帳場から銭箱を持って来て差し出した。

「これが有り金すべてです」

すると寅正は、苦笑いをした。

「治平さん、それじゃまるで、手前が脅して取っているようじゃありませんか。今日来たのは、利息を払ってもらうためですから、これだけいただきますよ」

寅正は中からいくらか取ると、銭箱を押し返した。

「店が潰れたら手前も大損ですから、無理をせず利息だけ払ってください。これからも、長い付き合いをしようじゃありませんか。ねえ、治平さん」

莞爾《かんじ》として笑う寅正だが、治平はごくりとつばを飲み、恐怖に顔を引きつらせた。

「それじゃ、また来ますよ」

立ち上がって表に出た寅正の前を、佐吉が塞ぐ。

「美鈴のことで、改めて問いたいことがある。代官所まで来てくれ」

「お代官様、そいつは言いがかりもいいところですぜ」

佐吉は、割って入った男を睨んだ。

「誰だお前は」

「萬田屋の番頭の、龍三という者です。うちの旦那を引っ張るとおっしゃるなら、七宝堂の娘に関わったという証《あかし》を見せてください」

証がない佐吉は強く言えず、引き下がった。

「もう良い、行け」

すると龍三が、ここぞとばかりに言う。

「お代官様、手前どもを悪人と決めつけて言いがかりをつける女たちをどうにかしてくださいよ。今日のところは帰りますが、次は、こちらも黙っちゃいませんからそのおつもりで」

「わしを脅すか」

「脅しじゃありません。お上に訴えさせていただきます」

目を見据えて告げる龍三は、薄笑いさえ浮かべている。

「やめねえか」

寅正が龍三の腕を引き、佐吉に頭を下げて帰っていった。

「ちっ、何がお代官様だ」

集まっていた者たちの中から非難を受けた佐吉は、唇を噛みしめた。

誰が声をあげたか分からぬが、町の者たちが佐吉に向ける目は、厳しいものに変わっていた。


戻ったお初から佐吉の様子を聞いた信平は、しばし考えて告げた。

「すまぬが、寅正の動向と、背後に誰かおらぬか調べてくれ」

「承知しました」

応じたお初は、その足で出かけた。

六

寅正は鷹司町の商人たちを牛耳《ぎゅうじ》るたくらみに本腰を入れるため、隣の町に家を借りて移っていた。

その家の八畳間に磯片と龍三を呼んだ寅正は、身を乗り出して問う。

「七宝堂の娘だが、やったのはお前たちだろう」

「へい」

答えた龍三に、寅正は薄ら笑いを浮かべた。

「猫で誘うとはよく考えたものだ」

「いえ。とどめを刺せなかったのはわたしのしくじりです」

「まあいい。しばらくは大人しくしているだろう。今のうちに、久恵を潰す。生意気なあの女を、わしの前にひざまずかせてやる」

気が強い久恵を自分の物にして従わせたい寅正は、二人を近づけて悪知恵を仕込んだ。

さっそく動いた龍三は、人を雇いに一旦品川に戻った。

鷹司町の門の前に無頼者が現れたのは、翌日だ。

見るからに悪そうな人相をした八人の男たちは、鷹司町に近づく旅人を門の前で威《い》嚇《かく》し、入らないように遠ざけはじめた。

町の者から知らせを受けた久恵が腹を立て、為五郎を従えて門へ走った。すると、知らせのとおりに、ろくでもなさそうな男たちが男女二人連れの前を塞ぎ、他の町で宿を探せと言っていた。

旅の二人は男たちを恐れて、逃げていった。

「ちょいとお前さんたち、そこで何してるんだい」

怒った久恵がつかみかかる勢いで迫ると、八人の無頼者たちは、にやついた顔で集まり、たちまち門まで押し返された。

「女将さん、まずいですよ」

恐れる為五郎を背中に守った久恵は、男たちに胸を張る。

「あんたたちなんてちっとも怖くないよ。どうせ小銭欲しさに、誰かさんの言いなりに動いているんだろう？　こんなつまらないことをしている暇があったら、真面目に働いたらどうなんだい」

「綺麗《きれい》な顔に似合わねえ口ぶりだな。姉さん、いい度胸してるじゃねぇか」

いやらしそうな笑みを浮かべる男どもに、久恵は怒りを抑えられず、目の前の男の顔を平手打ちした。

「痛《い》てえな、何しやがる！」

「うるさいよ。美鈴ちゃんに怪我させたのはお前たちだろう」

「あん、このあま、何言ってやがる」

男が久恵に手を上げようとして、ぎょっとした顔をして下がった。

久恵の背後から、佐吉が駆け付けたからだ。

仁王のような佐吉を見て、男たちは蜘蛛《くも》の子を散らしたように逃げていく。

「待たぬか！」

怒鳴った佐吉が鈴蔵と共に追ったが、逃げ足が速く、二人とも見失ってしまった。

門に戻った佐吉に、久恵は頭を下げた。

「助かりました」

「今の奴らに見覚えはあるのか」

「いいえ。ですが、萬田屋の手先に決まってますから、早く捕まえてください」

「証がなければどうにもできぬ。殿にお願いして門番を付けていただくから、危ないことはするな。何かあれば、まずはわしに知らせてくれ」

久恵は不服だったが、困り顔の佐吉が気の毒になり、従った。

その日の夕方、門にはまだ番人が来ていなかったが、寅正のいやがらせもなく、多くの旅人が休楽庵に宿を求めてきた。

どの客間もいっぱいになり、久恵は一安心したのだが、夕餉の支度が終わろうという時になって、男の客が荷物を抱えて二階から下りてきた。

「女将、悪いが今夜は泊まらないことにしたよ」

「どうされたのです？」

「どうもこうも、相部屋の人が物騒で怖くて落ち着かないから、他の宿に行くよ」

「物騒とは、どのように」

問う久恵に、旅の男はしかめっ面をした。

「やくざもんだよ。女将も客を選ばないと、誰も来なくなるよ」

そう言って出ていく客を止められなかった久恵は、表まで見送って頭を下げた。

中に入ると、次から次へと客が下りてきて、やはり他の宿で泊まると言う。

二階に上がっていた番頭の為五郎が段梯子を駆け下りてきた。

「女将さん、五人の男がお客さんを脅していました」

「なんですって」

「おい番頭、人聞きの悪いことを言ってねぇで、早く酒を持って来い。おれたちゃ客だぞ。この宿は、客に対する態度がなってねぇな。なあおい」

他の宿へ行こうとしていた男の客が肩をつかまれて恐れ、急いで出ていく。

鼻で笑った男は、店に来た時は大人しい旅人を装っていたため、為五郎は何も怪しむことなく受け入れていたのだ。

二階からは、仲間が騒ぐ大声がしてきて、また一人、荷物を持った客が下りてくると、泊まるのをやめると言って出ていった。

にやついて見ている男に、久恵が歩み寄る。

「お客さん、こういうことをされたら他のお客様にご迷惑ですから、お仲間と一緒にお帰りください」

頭を下げられた男は、図に乗った。

「てめぇ、客を追い出すのか」

「お客さんをお泊めするわけにはまいりません」

そこへ、何も知らないで客が入ってきた。

やくざな男は鋭い目を向けて怒鳴った。

「今は取り込み中だ！」

「ひっ」

女の旅人は悲鳴をあげて下がり、足早に逃げていく。

二階から四人の仲間が下りてきて、男に顎で何か指図した。

応じた男が、久恵の前にしゃがむ。

「分かったよ。こんな宿、こっちから願い下げだ」

どけと言って横に突き離した男は、草鞋《わらじ》を持って外へ出た。

男たちのせいで客はいなくなり、陣八郎が腕によりをかけた料理がすべて無駄になった。

翌日は、佐吉が連れて来た門番が見張りに立ったおかげで、旅人が町に入るのを邪魔する者は現れなかったが、休楽庵に泊まる者は一人もいなかった。

その理由が分かったのは、買い出しに行っていた仲居《なかい》が戻ってからだ。

「女将さん、これ」

差し出された紙には、食事に虫が入っていたとか、仲居が客の銭を盗み、やくざが賭場《とば》を開いて客から銭を巻き上げるなど、ありもしない休楽庵の悪口が書かれていた。

若い仲居が、泣きそうな顔で言う。

「昨日の人たちが、わたしたちの町に向かっている旅の人に配っていました」

久恵は紙を丸めて悔しがった。

「きっと萬田屋寅正の仕業よ」

久恵は紙を三和土に投げつけた。

「もう許さないから」

外に出ようとする久恵の腕を為五郎がつかんで止めた。

「どこに行く気です」

「決まってるでしょう。隣町に越してきた萬田屋寅正のところよ」

「一人で行くなんていけません。お代官様に相談しましょう」

「どうせ証がないから動けないと言われるだけよ。夜になっても戻らなかったら、その時は江島様に伝えてちょうだい。わたしが捕まったと言えば、動いてくださるから」

美鈴のことも寅正の仕業と決めつけている久恵は、怒りのあまり冷静さを欠いている。為五郎をどかせて行こうとすると、陣八郎が戸口を塞いだ。

「女将さん、ここは、わたしと番頭さんにおまかせください。寅正と話をつけてきます」

陣八郎の険しい表情を初めて見た久恵は、武家の顔だと思った。

「よろしいですね」

陣八郎ならば寅正を抑えてくれるはず。

そう思った久恵は、陣八郎に従った。

行こうとする陣八郎に、久恵が声をかける。

「殿様、くれぐれも気をつけて」

陣八郎は微笑み、為五郎と二人で出ていった。

手代が久恵に言う。

「お二人では心配ですから、わたしも行きます。何かあったら、お代官様のところに走るくらいはできますから」

「そうね、そうしてちょうだい」

「へい」

手代が急いであとを追って出るのを見ていた仲居たちが、久恵のそばに集まってきた。

「残ったのは女ばかりです。昨日のいやな客が来なければいいですけど」

「門番がいるから大丈夫。さ、お客様をお迎えする支度をしましょう」

仲居たちが安心して仕事に戻ろうとした時、表から寅正が入ってきた。

「どうして……」

驚く久恵に、寅正は勝ち誇ったように応じる。

「おめぇの気性だと、きっとわしに文句を言いに来るだろうと思ってよ。出たら攫ってやるつもりで待っていたんだが、予想に反して男どもが出ていきやがったから、来たというわけだ」

「みんな逃げて」

久恵は仲居たちを裏から逃がそうとしたが、磯片と手下が現れ、仲居たちは悲鳴をあげた。

寅正のそばにいた龍三が、手下に表の板戸を閉めさせ、外から入れなくした。

薄暗くなった中で、久恵は寅正を睨む。

「そうやって目くじらを立てる顔が、たまらないね」

余裕の寅正は、手下に顎で指図した。

応じた手下どもが久恵の両腕をつかんだ。

「何するんだい！」

抵抗する久恵を、手下たちは力ずくで奥の座敷に連れて入った。

寅正は障子を閉め、久恵に微笑む。

「おめぇは、今日からわしのものだ」

「馬鹿なこと言ってるんじゃないよ。あんたなんかに誰が従うものか」

「怒った顔がたまらねぇや。なんともそそられる」

くつくつと笑った寅正は、久恵の腕をつかんで押し倒した。

久恵は抵抗したが、両手をつかまれてしまい、逃げることができない。近づく脂ぎった顔を避けるために横を向くのが精一杯だ。

「やめて！」

叫んだその時、廊下を見張っていた寅正の手下が障子を突き破って座敷に飛ばされ、腰を浮かせて苦しんだ。

驚いた寅正が起き上がると、もう一人の手下が女に蹴り飛ばされ、寅正にぶつかってきた。

助けに来たのはお初だ。

「何をしてやがる」

怒ってどかせた寅正は、廊下にいるお初の鋭い眼差しに息を吞んだ。

「だ、誰だおめぇは」

お初は名乗らず、寅正に刺すような目を向ける。

「お前の悪事もこれまでだ」

寅正はほくそ笑む。

「その面構えは町人じゃなさそうだが、後悔することになるぜ」

「そのほうに商人の内情を教えた者に期待しても、助けはないぞ」

庭から聞こえた声に寅正が顔を向けると、白い狩衣を着けた信平が入ってきた。

寅正は目を見張る。

「な、何をぬかしやがる」

「若年寄のことじゃ。江戸の町人を苦しめるそのほうに商人の内情を教えるかわりに見返りを受けたのを認めて、上様から蟄居《ちっきょ》を命じられた」

「なっ」

寅正は絶句したが、すぐにかぶりを振った。

「そんなこと、あるものか。でたらめを言うな」

「我が町で悪事を働いたそのほうは、麿が捕らえる。そこへなおれ」

「ぬかしやがるな。着飾ったおめぇなんざ、わしらの敵ではない。おいみんな！」

大声に応じて、表にいた磯片と龍三が手下たちと現れ、信平を見て刃物を抜いた。

久恵は、手下どもを前に動かぬ信平を見て、足がすくんでいるのだと勘違いしたらしく声をあげた。

「殿様！　お逃げください！」

信平は微笑み、お初に顎を引く。

応じたお初が、久恵を守って下がった。

それを見た寅正が、手下どもに告げる。

「足が震えているくせに、女にいい顔をしてやがる。野郎ども、狩衣野郎にわしらの恐ろしさを思い知らせてやれ」

若い手下が道中差しを振り上げ、気合をかけて信平に斬りかかった。

久恵は、信平が斬られると思い目をつむったのだが、開けて見た時には、若い手下が腹を押さえて地面に倒れ、苦しんでいた。

信平はというと、何もなかったような顔をしている。

寅正は口をあんぐりと開け、手下たちは恐れて出ようとしない。

龍三が勇ましく道中差しを構え、寅正に代わって怒鳴った。

「やれ！　やっちまえ！」

自ら先頭に立って斬りかかる龍三に対し、信平は一足飛びに間合いを詰めて腹に拳を入れる。

呻きつつも、龍三は刀を振り上げて信平を斬ろうとしたが、かわされて首の後ろを手刀で打たれ、寅正の足下まで飛ばされて気絶した。

「わしが斬る」

自信に満ちた声で告げた磯片が、刀を正眼《せいがん》に構え、下段に転じて信平に迫る。

気合をかけた逆袈裟斬りを飛びすさってかわした信平に、磯片が迫り、返す刀で打ちおろした。

その太刀筋は鋭い。だが、信平は狐丸を抜きざまに弾き、磯片の眼前で切っ先をぴたりと止めた。

うっ、と息を吞む磯片が、歯をむき出して狐丸を弾いて下がり、正眼に構えるなり猛然と迫る。

「てやあ!」

大音声《だいおんじょう》の気合と共に打ち下ろした一撃を、信平は身体を転じてかわす。

狩衣の袖を振るって舞う信平の姿に、息を詰めて見ていた久恵ははっとして、思わずこぼす。

「美しい」

見とれた信平の背後では、背中を峰打ちされた磯片が顔を歪《ゆが》め、気を失って倒れた。

何がどうなったのか見えなかった久恵は驚き、信平に目を戻す。

信平が一歩足を踏み出すと、手下たちは刃物を捨てて平伏し、命乞いをした。

寅正は顔を引きつらせて恐れ、腰を抜かしながらも這《は》って逃げようとしたが、目の前に佐吉が立つと、悲鳴をあげてうずくまった。

信平が告げる。

「佐吉、寅正は江戸の民を苦しめている。五味に渡して、厳しく調べるよう伝えてくれ」

「承知しました」

帯をつかみ、右腕のみで持ち上げられた寅正は、悲鳴をあげた。

駆け付けた善衛門や家来たちによって寅正の一味が連れて行かれるのを見届けた久恵が、信平に頭を下げた。

「殿様、ありがとうございました」

「麿のほうこそ、寅正を捕らえるのが遅うなってすまぬ」

久恵は首を横に振った。

「殿様があんなにお強いとは知らず逃げてだなんて、失礼をいたしました」

「麿を案じてくれてのことゆえ、気にするな」

微笑んだ信平は、善衛門に帰ろうと言い、歩みを進めた。

久恵が声をかける。

「殿様、またいらしてください。お待ちしていますから」

きっとですよ、と言う久恵に振り向いて応じた信平に、善衛門が小声で言う。

「殿、また猪汁が食べたいですな」

信平はうなずき、赤坂に帰った。


五味が信平を訪ねてきたのは、三日後だった。

一件のその後を気にしていたお初が台所から来ると、五味は嬉しそうな顔をして信平に告げる。

「寅正とその一味に苦しめられていた者は、信平殿が心配されたとおり大勢おりました。鷹司町からいなくなった笠屋の者も、見つけましたよ」

「どこにいた」

「奴が営んでいた品川の旅籠を調べたところ、狭くて汚い部屋に閉じ込められていましたから助け出しました」

「して、今はどうしている」

「信平殿の町に帰るかと言いましたら、母親が、逃げた旦那を追って駿府《すんぷ》の里に行きたいと願いますから、路銀を持たせて送り出しました」

「さようか。辛い目に遭った分、これからは幸せになると良いな」

五味はうなずいて続ける。

「寅正は、七宝堂の美鈴を殺そうとしたのも白状しましたから、家財没収のうえ、龍三と磯片と共に遠島《えんとう》の沙汰がくだされましたぞ」

「手下どもは」

問う善衛門に、五味が顔を向ける。

「次の寅正が出るとおっしゃりたいのでしょうがご心配なく。ごろつきどもは北国にある御公儀の普請場に送られて、厳しい監視の中で働くことになりました」

「そうか。ならば、休楽庵の女将が逆恨みされて襲われることもなかろう」

安堵する善衛門にうなずいた五味は、信平に問う。

「お奉行から聞いたのですが、若年寄が関わっていたらしいですね」

「お初が調べてくれたのだ」

五味は驚き、お初に顔を向けた。

「危ない目に遭いませんでしたか」

「わたしは大丈夫」

つっけんどんな言い方をするお初だが、どこか嬉しそうな顔をしている。

信平と善衛門の目を気にしたお初は、お茶を淹《い》れると言って下がろうとしたのだが、そこへ佐吉が戻ってきた。

「殿、美鈴が意識を取り戻しました」

信平は安堵の息を吐いた。

「具合はどうじゃ」

「気分はいいようです。殿のおっしゃるとおり、命を狙われたことは誰も伝えておりませぬから、子猫が無事だったのを喜び、可愛がっております」

「それは何より。だが、美鈴のような娘が危ない目に遭わぬよう、もっと良い町にせねばならぬな。佐吉、引き続き頼むぞ」

「はは！」

佐吉は両手をつき、頭を下げた。

「麿も時々、足を運ぼう」

五味が身を乗り出した。

「その時は信平殿、お初殿と二人でお供しますぞ」

どさくさに紛れて告げる五味の背後にいたお初は、厚かましいと言うかわりに、背中に無言の肘鉄《ひじてつ》を食らわせた。

第三話　信政の友情

一

桜が見ごろの晴れた日、信政は、道謙夫妻に見送られて隠宅をあとにした。

信政が照円寺《しょうえんじ》の先まで行ってしまうと、月太郎《つきたろう》が寂しがり、その場にしゃがんでしまった。

おとみが頭をなでてやりながら、道謙に言う。

「鞍馬《くらま》から戻られたと思ったら、たった二日で出してしまわれるのですから、この子が寂しがるのも無理はないですよ」

道謙は目を細め、月太郎の腕を引いて立たせた。

「これ月太郎、信政に習《なろ》うた字を、わしに書いて見せよ」

「はい」

月太郎は応じたものの、力なく言う。

「剣術のほうがようございました」

「そう口を尖《とが》らせるな。これからは学問も大事じゃ。支度をせい」

走って先に戻る月太郎を目で追ったおとみが、道謙に顔を向ける。

「信政様は弟子なのですから、わざわざ南条《なんじょう》様にお頼みしなくても、ここでお教えすれば良いのではありませぬか」

「信政はいずれ、信平の跡を継いで表に出る身。わしらのように世から隠れて暮らす者が相手では、ものの役に立たぬ」

おとみは驚いた。

「今初めて、お前様の本心が分かりました。学問は口実で、人と接するために送り出したのですか」

道謙は真面目な顔でうなずき、京の空に、信政の影を重ねる眼差しを向けた。

「これまで共に過ごして分かったのは、信政は信平よりも剣の筋が良いが、こころが優しすぎる。また本人も、学問に興味があると申しておったゆえ、山から連れて下りたのじゃ」

おとみは、道謙の顔をじっと見つめて微笑んだ。

「信政様に、学問の才があると見抜かれたのですね」

「下御門実光がこの世を去った今、天下を揺るがす恐れがある者は、わしが知る限りではおらぬ。徳川の世も、武を得手《えて》とする者よりも、幅広い知識を持った者を重用する時代がこよう。ゆえに、信政が江戸に呼び戻される前に、京でしか学べぬことを学ばせてやろうと思うたのじゃ」

「それで、南条様に頼まれたのですか」

「生き字引と言われるあの者の館には公家の子息が通うておるゆえ、信政にとっても良い刺激となろう」

「刺激が強すぎるような気もしますけど」

心配するおとみに、道謙は目を細める。

「それも、修行のうちじゃ。どれ、月太郎を見てやろう」

家に戻る道謙の後ろに続いて座敷に上がったおとみは、床の間に置かれている信政の大刀に目をとめた。

学問の修行には不要だと言った信政の笑顔を思い出したおとみは、不安を道謙に漏らした。

「お腰の物も持たず、ほんとうに大丈夫でしょうか」

「わしの弟子ゆえ、案ずるな」

道謙はそう告げて、軽やかに筆を走らせる月太郎に、良い字だと言って褒めた。

二

久しぶりに洛中に入った信政は、帝《みかど》のそばに仕えた日々が遠い過去の出来事のように思いながら、禁裏《きんり》の北側を望みつつ歩いていた。

近衛《このえ》邸にほど近い場所にある公家、南条中将の屋敷に寄宿して学問を学ぶことになっている信政は、到着すると、門番に名を告げた。

知らされていた門番は、すぐに脇門を開け、信政を入れた。

砂利のあいだに敷き通された石畳を歩んで案内された御殿を見た信政は、清涼殿《せいりょうでん》に似た造りだと思い、檜皮葺《ひわだぶ》きの屋根に顔を上げた。

「こちらです」

声に応じて歩みを進め、五段ある木段の前で草履《ぞうり》を脱いで上がった。

廊下の角を曲がって表側に行くと池が目にとまり、松の木や、新芽が膨らんでいる庭木が水面に映えている。

その庭を横目に廊下を歩んでいくと、人の声が聞こえてきた。

書を読み上げる声だと分かった信政は胸の鼓動が高まり、案内してくれた者が振り向くと、緊張した顔で頭を下げた。

小声で、ここでお待ちください、と言われるまま立っていると、程なく書を読む声が止まり、庭でさえずる小鳥の声が耳に届いた。

「入りなさい」

座敷の奥からした声に応じた案内人が、信政を促した。

会釈をして歩みを進めた信政は、八畳二間に文机《ふづくえ》を並べて座している公家の息子たちから注目され、より緊張が増した。

鞍馬では、小袖に袴ばかりを着て山を走り回っていた信政だが、今は狩衣を着けている。

慣れぬ身なりも手伝い、緊張した信政の身のこなしはぎこちなく、一段高い座敷に上がる時に敷居《しきい》につまずいてしまい、危うく転びそうになった。

嘲笑を受けつつ居住まいを正した信政は、上座にいるあるじ、南条中将持久《もちひさ》に平身低頭した。

「今日からお世話になります」

南条は応じ、細面《ほそおもて》に人の好《よ》さそうな笑みを浮かべた。

「皆に紹介しよう。それなる者は、わたしの遠縁じゃ。今日より当家に寄宿して、皆と共に学ぶことになった。南条信政、皆にあいさつを」

「はは」

信平の息子であることを伏せるよう道謙から言われていた信政は、南条が先に名を述べても動じず、口を開いた。

「南条信政にございます。よろしくお願い申します」

従って合わせた信政に、南条は小さくうなずく。

道謙を慕う南条は、信平の子である信政に学問を教えることを快諾し、この日を楽しみにしていたのだ。

続いて南条は、皆に自己紹介するよう命じた。

これから学問を共にする者たちの名前を聞いた信政は、一人ひとり顔を見て頭を下げた。

同じ館で学ぶ公家の息子たちは、銭才のことがあって公儀の統制がより厳しくなり、公家の屋敷を行き来する以外は、遊びで町を出歩くこともままならなくなっていた。

立身出世など夢のまた夢。

頭は賢いが将来に夢もない公家の息子たちの関心は、弱い者をいじめて遊ぶこと。それだけに、同じ年頃の信政に向ける皆の顔は、どういう人物か見極めようとする色が濃い。

今この館に通う者たちは、町で気晴らしができるわけもなく、極狭い範囲で生きている。信政を含めて、南条家で学ぶ二十人は仲が良くてもいいはずだが、この少ない人数の中には、はっきりとした序列ができていた。

もっとも低い立場に置かれ、皆からいじめの標的にされているのは北園智房《きたぞのともふさ》だ。家格は高いが、屋敷は禁裏の周囲に集まる公家から弾《はじ》かれたように、禁裏の北にある相国寺《しょうこくじ》のすぐそばにある。

今日初めて顔を合わせた信政がそのことを知るはずもなく、南条に空いたところに座りなさいと言われて選んだのは、一人ぽつんと座している智房の隣だった。

道謙から信政の優しさを聞いていた南条は、満足そうな顔でうなずき、朝廷の歴史と題された書物を開くよう促し、講義をはじめた。

道謙から教えられていた内容もあり、信政は困ることなく、むしろ歴史に興味を持って熱心に学んだ。

これが江戸の武家社会でなんの役に立つのかと言われれば答えられないだろうが、日ノ本の歴史に興味がある信政にとっては、おもしろくてたまらない。

分からぬことがあれば声をあげて質問をする信政に対し、前に座っている者たちはいちいち振り向いてくる。迷惑そうな顔もあれば、そんなことも知らないのかという蔑んだ目をする者もいる。

「どこの田舎者だ」

冷泉光広《れいぜいみつひろ》が発した声に、皆が笑った。

南条は冷泉のそばに行き、叱るかわりに書物を読んで聞かせるよう命じた。

利口そうだが意地の悪そうな顔の冷泉は、迷惑そうな返事をして信政に向き、書物を見ずに棒読みをはじめた。

大仏のように半目にして語る冷泉は、一字一句間違わない。

すべて頭に入っているのだと感心する信政に、智房が小声で言う。

「わたしと一緒にいないほうが、身のためですよ」

「え？」

信政は問い返したが、智房は何も言っていないとばかりに前を向いている。

空耳かと思った信政が首をかしげて前を見ると、棒読みをしている冷泉が眠たそうにあくびをした。もう何度も読み返して頭に入っている内容に飽き飽きしている様子だが、信政にとってはありがたい。

終えた冷泉に、信政は礼を述べて頭を下げた。

冷泉はそれが意外だったのか、

「まあ、いいですが」

戸惑ったように返事をして、前を向いた。

半刻ほど南条の講義を受けた信政は、休み時間になると智房に話しかけた。

「先ほどのは、どういう意味ですか」

智房は、座敷から出ていく皆を目で追い、二人になると口を開いた。

「わたしが、皆さんから疎《うと》まれているからです。こうして話をしているところを見られたら、あなたにとってよろしくない」

大人びた言い方をする智房は、目を合わせようとせず書物に顔を向けている。

信平に似て細身の信政は、他の者たちの目にはひ弱に見えたらしく、智房と話をする信政を、獲物でも見るような顔で見ている。

その視線に気付くことができなかった信政は、そばを離れず話しかけた。

「それは、なんの書物ですか」

ちらとこちらを気にした智房が、黙って差し出した。

「鵺退治《ぬえたいじ》」

口に出した信政に、智房が言う。

「わたしの屋敷で、母がそれに書かれている鵺と同じ声を聞いたのです。身の毛もよだつ不気味な声だったそうです」

「鵺の伝説は、わたしも知っています。古《いにしえ》の宮中では、鵺は不吉な存在とされ、鳴き声が聞こえると祈禱《きとう》をしたようですが、智房殿は、お母上のために退治する方法を探っているのですか」

智房は微笑んだ。

「いいえ。どのような鳴き声なのか知りたくて、先生にお借りしたのです」

伝説を信じている信政は心配した。

「聞けば不吉なことが起こるのですから、知らないほうが良いのでは」

「このうえ不幸になることはないでしょう。もう何度も聞いているのに、わたしが不気味と思わぬだけかもしれませぬので、知りたいのです。もうよろしいですか」

返してくれと手を差し出され、信政は書物を渡した。

「今の不幸とは、皆から疎まれていることですね。いったい、何をされているのです」

「何も。ただ、ここでこうして人と話したのはずいぶん前のような気がします」

誰にも相手にされていないのだと解釈した信政は、そばを離れず、肩を並べて自分の書物に目を通した。

智房は迷惑がらず、黙って読みふけっている。

休みが終わり、皆が戻ってくると、智房は鵺退治の書物を隠すように他の書物の下にすべり込ませ、前を向いて居住まいを正した。

この日の講義は夕方まで続き、終わった時にはみんなくたびれたようで、智房にちょっかいを出す者もおらず、各々《おのおの》仲が良い者と連れ立って帰っていった。

寄宿の身である信政は、智房を門まで送って出た。

また明日、と言って門前で見送っていると、土塀の角から冷泉が現れ、智房に声をかけた。

うな垂れた智房が気になった信政が見ていると、他に二人が現れ、有栖川《ありすがわ》家の嫡男貴氏《たかうじ》が、智房の肩を抱くように連れて行った。

皆を仕切っている貴氏は、見ていた信政に顔を向け、不敵に微笑んだ。

何かするつもりだと心配した信政は、智房を助けるべく行こうとしたのだが、南条に呼び止められた。

信政、と遠慮のない南条に手招きされ、智房が気になったものの、門から入って駆け寄った。

「先生、何でございましょう」

「何ではない。そなた、鷹司家に招かれているのではないのか」

うっかり忘れていた信政は、あっと声をあげた。

南条が笑った。

「まだ間に合う。早うゆけ」

「はい」

頭を下げた信政が行こうとすると、また南条が呼び止めた。

「これ、手ぶらでゆくつもりか」

控えていた家来に風呂敷包みを渡された信政は、ふたたび南条に頭を下げて門から出た。

禁裏の横を走りながら、公家屋敷の土塀の切れ目にさしかかると立ち止まり、連れて行かれた智房がいないか通りに目を向けて捜したが、姿はどこにもなかった。

それを幾度か繰り返しながら堺町御門《さかいまち》に向かい、門の近くにある鷹司家を訪ねた。訪問を喜んだ当主の房輔《ふさすけ》は信政を手厚くもてなし、今日は泊まれと言って、家族同然に夕食を共にした。

親と離れて長いが、寂しくはないかと問われた信政は、箸を置いて房輔に向き、居住まいを正した。

「銭才との戦の折に江戸に戻ってございましたから、寂しくはありませぬ」

「そうであったな」

房輔は、しまったという顔をした。信政の心中を察したからにほかならぬ。話をそらされる前に、信政は身を乗り出して口を開いた。

「薫子《かおるこ》様が今どうされているか、ご存じならばお教えください」

房輔は盃を取り、給仕の侍女に酒を求めた。注がれた酒を一口飲み、信政に顔を向ける。

「薫子様のことが忘れられぬか」

「時々、夢に見ます」

「夢にのう」

房輔は微笑み、遠くを見る目をした。

「麿も、そういう年頃があった。されど、この世には、いくら想いを寄せても手の届かぬものがある」

信政は、赤らめた顔をうつむけた。

「そういう意味では、ございませぬ」

房輔は笑みを消し、真剣な顔で告げる。

「薫子様は息災じゃ。先日正式に剃髪《ていはつ》され、仏門に入られた。安寧に過ごされておるゆえ、もう案じずともよい。忘れなさい。それが、薫子様のためにもなると思う」

房輔の言葉を信じた信政は、顔を上げて微笑んだ。

「分かりました」

房輔が目を細めてうなずく。

「それで良い。ところで、北園家の息子と話したか」

「はい」

「どう思うた」

「智房殿は……」

信政は言うのを躊躇ったが、それは一瞬だった。

皆から疎まれ、ここに来る前もどこかに連れて行かれたのを隠さず話した信政に、房輔は渋い顔で応じた。

「皆から、のけ者にされておるのか」

「自らそうおっしゃり、自分よりもわたしのことを心配してくださいました。こころ優しいお方です」

房輔は嬉しそうにうなずき、こう述べた。

「智房は仲ようして損はない者ゆえ、そばにいてやりなさい」

信政はどういう意味だろうかと思ったが、房輔が話題を変えたため、訊きそびれてしまった。

夜も更け、寝所に案内された信政は、寝床に横になったものの、しばらく眠れなかった。禁裏に近い場所にいると、どうしても薫子を想ってしまうのだ。

目をつむれば薫子の顔が浮かび、共に過ごした日々を思い出す。

今頃どうされているのか、泣いていらっしゃらないだろうかと案じてしまう。

「叶わぬ夢です」

薫子の声に目を開けた信政は、はっとして身を起こした。どこからともなく聞こえる梟《ふくろう》の声が夜の静けさを増し、信政をがっかりさせた。

いつの間にか眠り、夢を見たのだと気付いたからだ。

忘れろという房輔の言葉を胸に刻むしかないと思った信政は、横になり、梟の寂しい声を聞きながら、深い眠りについた。

三

翌朝早く南条家に戻った信政は、進んで学問部屋の掃除をした。

子供がいない持久は、側室を置かず正室と仲睦《むつ》まじく暮らし、跡継ぎについては何も考えていない。

床の拭き掃除をしている時、庭に夫妻が来て池の鯉《こい》に餌を与えはじめた。

持久に微笑みかけて何か言っている奥方の横顔を見ていた信政の頭に、師、道謙の言葉が浮かんだ。

「よいか信政、奥方の霧子《きりこ》殿はお前を可愛がってくれよう。じゃが、母と思えと言われても、決して、うんと言うてはならぬぞ。いずれ寂しい思いをするのは霧子殿じゃ。そのことを忘れるな」

いずれは江戸に戻る身の信政は、まだ一度も目を合わせようとせず、あいさつ程度しか話していない霧子に気に入られているとは思えず、師匠の考えすぎだと独りごち、止めていた手を動かした。

「信政」

持久に呼ばれた信政は、廊下から飛び降りて駆け寄った。

その動きの俊敏さに霧子が驚き、着物の袖で口を塞いだ。

道謙と山にいた時の癖がつい出てしまった信政は、驚かせたことを悪く思った。

「すみません」

持久が笑う。

「あやまらずともよい。掃除は終わったか」

「はい」

「では、皆が来る前に一休みしなさい。奥が、旨い菓子を出すそうじゃ」

「奥方様、ありがとうございます」

信政が頭を下げると、霧子は初めて笑顔を見せた。

奥御殿に招かれた信政は、霧子から道謙との暮らしについて質問攻めにされ、厳しい修行の話をした。

大雨のあとに行う、鞍馬の激流で岩から岩に飛ぶ命がけの修行は伏せておき、山を駆け回り、獣や虫を相手に修行を重ねていた話を聞かせると、霧子は眉間に皺を寄せ、可哀そうに、辛かったでしょうと言い、信政を気づかった。

そして、菓子を差し出して言う。

「そなたに学問をすすめられた道謙様は、やはり人を見る目がおありのようですね。どこをどう見ても、そなたに刀は似合いませぬもの。武家などやめて、公家におなりなさい」

さっそくきたと思った信政は、どう断るか考えた。

「霧子、よしなさい。信政が困っておるではないか」

助け舟を出してくれたのは、あとから来た持久だ。

「信政は鷹司松平家の跡継ぎなのだから誘うてはならぬと、昨夜約束したばかりだぞ」

霧子は残念そうな顔をした。

「こうして話していると、可愛くてしょうがないのですもの」

まるで三つ子のような扱いをする霧子に、持久は苦笑いをした。

「信政、許せ」

「いえ」

嬉しいとつい口から出そうになり、信政は慌てて言葉を飲み込んだ。

「旨い菓子とお茶をありがとうございました。そろそろ皆様がまいられますから、学問部屋に戻ります」

「もう行ってしまうの」

悲しそうに言う霧子に、信政は笑顔で頭を下げ、奥御殿をあとにした。一足先に講義部屋に行き、誰もいない中で自分の文机に座して書物を開いた。

京の歴史を紐解《ひもと》いてある書物を読んでいると、朝廷と武家とのあいだには、昔から深い溝があるように思える。

平家や源氏のように、時の帝の血を引く子息でありながら、母親の身分が低いために京を追われ、公家の領地だった地方の荘園《しょうえん》にくだって土地のあるじとなった者が、やがて武士に土地を与えたことで、公家は力を奪われていった。

今の徳川の世では、日ノ本の実権は武家がにぎり、朝廷は官位などを与えることで、その威厳を保っているといっていい。

銭才が徳川に取って代わろうとしたのは、古からの因縁なのだと思う信政は、朝廷と武家に溝がある限り、いずれまた、徳川を倒そうとする公家が現れるのではないかと案じた。

父信平と銭才の壮絶な戦いを見ている信政は、二度とあのようなことがあってはならぬと思う。師道謙の、銭才のような者はそうそう現れぬ、との言葉を信じている信政は、書物を置き、庭に顔を向けた。

椿《つばき》の枝の中から小鳥のさえずりが聞こえ、穏やかで静かな時が、ゆっくりと流れている。

銭才との戦いを思い出すと必ず、薫子の顔が頭に浮かぶ。

「忘れなければ」

目を閉じて己に言い聞かせた時、背後の廊下で声がした。

「何を忘れるのです」

振り向けば、智房が微笑んで頭を下げた。

「いや、なんでも」

誤魔化す信政に、智房はそれ以上訊かず隣に座し、文机に置いた風呂敷を解いた。

信政はその時、智房の狩衣の袖から見えた左腕に赤黒い痣があるのに気付いて声をかけた。

「腕をどうしたのですか」

すると智房は慌てて袖で隠し、笑顔を向けた。

「転んで打ったのですよ」

その笑顔に動揺がまじっているのを見逃さぬ信政は、誰かにやられたのかと問おうとしたが、智房はそれを嫌うように口を開いた。

「ほんとうに、転んだだけですから」

「のろまだからな、智房は」

廊下でした声に振り向くと、有栖川貴氏と取り巻きの者たちがいた。

貴氏は人を見くだした顔で中に入ると、自分の文机に歩きながら信政に言う。

「智房は毎日のように転んで怪我をする奴だから、いちいち気にしていたのでは切りがないぞ。なあみんな」

「ええ、そのとおりです」

「三つ子のように、よちよち歩いているのでしょう」

仲間たちが賛同して笑い、己の文机に着いた。

信政は、背中を丸めた智房に薄笑いを浮かべている者たちの仕業だと思わずにはいられなかった。問い詰めようとしたが、智房に腕をつかまれ、首を横に振られた。

信政は座り、貴氏を見た。目が合うと、貴氏はまた鼻で笑い、前を向いた。

持久の講義は今日も夕方まであり、みっちり書の稽古をした。終わった時には、みんな文机に突っ伏すほど疲れており、それを見た持久は、愉快そうに言う。

「また明日会おう」

学問の師に背筋を伸ばした皆は、あいさつをして家路についた。

追って外に出た信政は、皆を仕切っている貴氏が一人になったところで足を止めた。

前を塞がれた貴氏は、眉間に皺を寄せる。

「何か用か」

信政はじっと目を見た。

「智房殿の、何が気に入らないのですか」

すると貴氏は、怒気を浮かべた。

「あの者の怪我は、わたしのせいだと言いたいのか」

「あなた方は、智房殿を疎んでいるのでしょう。他に誰がいるのです」

「ふん。少しはまともな者かと思うていたが、どうやら、わたしの見込み違いだったようだ」

「話をそらさないでください。どうなのですか」

貴氏は答えず、信政に不機嫌をあらわにした。

「目障りだ、どけ」

信政がどかずに目を見ていると、貴氏は相手にしない体《てい》で横にずれ、悠然《ゆうぜん》とした足取りで帰ってゆく。

次の日から、信政に対する風当たりが強くなった。智房以外の者は、一言も口をきいてくれなくなったのだ。

皆の様子を見ていた智房は、昼休みに信政を庭の奥に誘い出して問うた。

「昨日、貴氏殿と何かあったのですか」

信政は明るく応じる。

「何もありませんよ」

「嘘です。皆さんは、明らかに信政殿を無視されているじゃないですか。まさかわたしのことで……」

「違います。わたしが新参者のくせに、年上の皆さんに敬意が足りなかったのでしょう。これからは気をつけます。昼からの講義がはじまる刻限ですから、戻りましょう」

信政はそう言って笑い、講義部屋に戻った。

遠くから様子を見ていた持久に、霧子が歩み寄る。

「信政殿は、皆と仲良くできていないのですか」

持久は微笑んだ。

「心配はいらぬ」

「でも、他の子たちは、信政殿を避けているように見えます」

「これも修行だ。そなたは決して、口出ししてはならぬぞ」

唇を尖らせた霧子は、心配そうに、庭を歩く信政を目で追った。


その翌日、信政は昼休みになると智房を誘い、庭に連れ出した。先に貴氏たちがいたため、信政は別の場所に行こうとしたのだが、智房殿、と声をかけられた。

立ち止まる智房に、貴氏は穏やかな面持ちで歩み寄る。

「二人ともずいぶん仲が良いようだが、信政殿を屋敷に招かないのは無礼ではないか」

貴氏が気をつかってくれたと思い嬉しい信政は、智房に向いた。

「先生がご不在で、明日から三日ほど講義がありませんから、そのあいだにお邪魔してもよろしいですか」

智房は戸惑ったような顔をした。

貴氏が言う。

「本人も行きたがっているのだから、招いてゆっくり遊んだらどうだ。そなたに友ができたと、お母上が喜ばれるぞ」

信政は貴氏に向いた。

「貴氏殿は、智房殿の御屋敷に行かれたことはないのですか」

「わたしは年上だ。同じ年頃のそなただからこそ、母御は喜ばれる。智房殿、そうは思わぬか」

智房は困った顔をして返事をしない。

招きたくないのだと思った信政は、遠慮した。

「またいつか、お誘いください」

すると貴氏が、鼻で笑った。

「どうやら仲が良いと思うているのは、信政殿とわたしだけのようだ」

仲間のもとへ戻る貴氏を見た智房が、信政に言う。

「では明日、迎えにまいります」

信政は素直に喜んだ。

「場所をお教えくだされば行きます」

「いえ、分かりにくいので迎えにまいります。朝のうちでよいですか」

「はい。楽しみです」

笑顔で応じる信政に、智房は優しい顔で応じた。

戻った貴氏に、冷泉が信政と智房を見ながら問う。

「どういうつもりです」

貴氏は意地の悪い顔で応じる。

「智房と仲が良い信政に、あの家の者がどう接するか見ものだ」

意図を探る顔をした冷泉が、皆と歩んで行く貴氏を目で追い、信政と智房を見た。

「笑っていられるのも今のうち、ということか」

そう言った冷泉は、講義部屋に戻った。

この夜、信政は、持久と霧子に智房の屋敷に行く許しを得るため告げた。

霧子は何か言おうとしたが、持久が止めて言う。

「たまには外に出るのも良いだろう。霧子、手土産を支度してやりなさい」

霧子が残念がった。

「せっかくご講義がお休みだから、信政殿と組香《くみこう》を楽しもうと思うておりましたのに」

　香りを聞き分ける遊びは母もしていたと思う信政は、頭を下げた。

「申しわけありません。またお誘いください」

「きっとですよ」

　念を押すように言った霧子は、手土産を何にするか考え、侍女に告げる。

「明日の朝のことですから、商家に行ったのでは間に合いませんね」

　侍女ははいと応じた。

「では、昨日求めた宇治の茶にしましょう」

「かしこまりました」

　侍女が下がると、霧子が楽しそうな顔を信政に向けた。

「そなたのお父上のご領地でとれた茶ですよ。京では、美味《おい》しいと評判になっているの」

「重ね重ね、お礼申し上げます」

「もう、そんな他人行儀はおやめなさい。そなたは子も同然なのですから」

「おい霧子」

「分かっています。この子がここにいるあいだだけですから、よろしいではありませんか。ねえ、信政」

満面の笑みで言う霧子の横で、持久がすまぬと右手を立てた。

信政は、はいと答えて笑った。

持久が言う。

「町へ出るのだから、用心のためにわたしの刀を持って行きなさい」

「いえ、こちらでお世話になっているあいだは持たぬと決めていますから、脇差のみで大丈夫です」

霧子が嬉しそうな顔をして言う。

「中将様とわたくしの息子の時は、刀など無用ということですね」

「これ、いい加減にしなさい」

持久が止めたが、信政はおっしゃるとおりですと言い、霧子を喜ばせた。

実際に信政は、学問に集中するために刀を道謙に預けているのだから、持ち歩くつもりは初めからないのだ。

四

翌朝、迎えに来てくれた智房と出かける時になって、霧子が心配した。

「まことに、刀を持って行かないのですか。町には物騒な輩《やから》がいないとも限りませんよ」

「奥方様、ご心配なさらずに」

笑顔で伝えた信政は、手土産の茶を受け取り、頭を下げて出かけた。

門前で待っていた智房が、嬉しそうに言う。

「昨夜母にお伝えしたら、喜んでくれました。楽しみに待っています」

「そうですか。では、急ぎましょう」

門を出て町中を歩く時には、信平がそうであったように、老若《ろうにゃく》のおなごから注目されているが、当人はまったく気付いていない。

その疎さも、父親譲りといえよう。だが、大きく違うところもある。

強くなりたい一心で剣の修行を重ねたのが信平ならば、信政は、学問を重んじているのだ。

刀を持たずに出かけた信政が公家の息子と肩を並べて歩く姿は、剣術よりも歌詠みや蹴鞠《けまり》が得意そうな、京の貴公子そのもの。その容姿も手伝い、北園家に到着した信政は、家の者から丁重に迎えられた。特に母親は信政に親切で、手料理をふるまい、泊まって行けとまで言う。

その気持ちが嬉しかった信政は、智房の部屋で二人になった時に告げた。

「優しいお母上ですね。遠く離れている父母に会いたくなりました」

智房は真面目な顔をした。

「信政殿のご両親のことを教えてください」

「わたしの親ですか」

信平の息子であることを伏せるよう道謙から言われている信政は、どう言おうか迷った。

智房が先に言う。

「信政殿を見ていると分かります。きっと、お優しいのでしょうね」

信政は微笑んだ。

「親は、京から離れて暮らす貧しい公家です」

「だから、遠い親戚の南条家に寄宿させてもらっているのですか」

「はい」

「やはり、お優しいご両親です。信政殿のために、家から出してくださったのですから」

智房は疑いもしない。

友に嘘をつくことに気が引けた信政は、口止めとともに事実を伝えようとして、人の気配を感じ廊下に顔を向けた。

「これをどうぞ。美味ですよ」

智房にすすめられて、信政は廊下から視線を転じた。

「母が作ってくれた、唐果物《からくだもの》です」

「初めて見ます」

「そうなのですか」

「はい。これは何ですか」

「大昔に唐の国から伝わったという菓子です」

差し出された信政は、手に取って見た。

巾着《きんちゃく》の形の菓子を一口かじると、ごま油で揚げた外側はかりっとしていて、中にはこしあんが詰めてあった。

ごま油の風味と、あんの甘みが口に広がる。

「旨《うま》い」

「良かった。わたしも、母が作ってくれるこの菓子が好物なのです」

嬉しそうに言う智房は、食べるのがもったいない様子で、手にした菓子を見つめている。

いつでも作ってもらえるのではないのかと思った信政は、残りは味わって食べた。

この時廊下では、北園家に仕える若い女が立ち聞きしていた。

信政と智房の様子を探っていたのだが、二人の話が京の歴史で盛り上がると、そっとその場を離れた。

気付かなかった信政は、智房に言う。

「鵺退治は、読み終えたのですか」

「ええ、一日で」

「どうでしたか」

「京に不吉をもたらす魔物を退治する物語で、話の筋は、鬼退治に似たものでした。昔の人もそういうのを好んでいたのだと思うと、なんだか身近に感じました。今も不吉をもたらすのなら、見つけ出して退治する方法が書かれているかと期待していたのですが、ただの物語でした」

信政は驚いた。

「本気で、鵺を見つけるつもりなのですか」

智房は笑った。

「そう思い期待したのですが、鵺の正体は鶫《つぐみ》という鳥でした」

「鳥？」

「月夜に、透き通るような声で鳴くのを聞いたことはありませんか」

ヒーン、ヒーンというのだと教えられて、信政は目を見張った。

「聞いたことがあります。あれが、鶫なのですか」

智房は真顔でうなずく。

「鵺退治のあとがきにそう書いてありました。でも母とわたしにとって、あの声は不幸のはじまりでしたから、鶫に似せて鳴く鵺がいるのではないかと思うのです」

本気で信じている様子だが、家を心配する智房の気持ちを思うと、信政は否定できなかった。

「見つかるといいですね」

智房は微笑んだ。

「先生は古い書物をたくさんお持ちですから、お借りして調べます」

この家に不幸が続いているのだろうかと信政は思ったが、知り合って間がないため訊くのを躊躇った。

夕方までお邪魔していた信政だが、泊まるのはまたの機会にして帰ることにした。智房は泊まってほしい様子だったが、初めて訪ねた家に泊まるのは厚かましいと思い遠慮したのだ。

あとで信政は、あの時誘いを断らず泊まっていればと、後悔した。なぜなら、南条家の講義がはじまっても、智房が来なかったからだ。

一日目は、風邪でも引いたのではないかということになった。

だが二日目も来ず、これまで無断で休んだことがないと言って持久が心配した。

そんな中、貴氏が仲間と談笑しているのを見た信政は、あの者たちが何かしたのではないかと疑い、持久に声をかけた。

「先生、昼から智房殿の様子を見に行かせてください」

持久は、その言葉を待っていたとばかりに快諾した。

「では、今日の講義は昼までとしよう」

この時、貴氏が見ているのに気付いた信政が目を向けると、貴氏は含んだような笑みを浮かべ、前を向いた。

昼まで講義を受けた信政は、一人で智房の屋敷を訪ねた。

だが家の者から、智房は誰とも会わないと言われてしまい、動揺した。

「風邪ですか、それとも他の病にかかってしまわれたのですか」

「いえ。単に南条様の講義に飽きられたようです」

応対した小者はそう告げたが、一瞬目を泳がせたのを、信政は見逃さない。

「では、もう来ないのですか」

「そういうことですから、お引き取りを」

それ以上訊くのを許さぬとばかりに、小者は潜《くぐ》り戸から入って堅く戸を閉ざした。

書物を借りて読み漁ると言った智房が、嘘をついていたとは思えない。南条家に通うのがいやになる何かがあったに違いない。

頭に貴氏の意地の悪い笑みが浮かんだ信政は、有栖川家に足を向けた。

石薬師《いしやくし》御門外にある有栖川家の屋敷は、門から入ると石畳が館に続き、常緑の木が植えてあるせいで奥が見えにくい。

老僕が案内したのは表玄関ではなく、裏庭だった。

「この先が、若君の部屋にございます」

玉砂利の中に置かれた飛び石を示された信平は、礼を言って足を運んだ。すると、廊下に冷泉がおり、他にも三人、貴氏の取り巻きがいた。

当の貴氏は座敷であぐらをかいて、信政が行くと例の意地の悪い笑みを浮かべて言う。

「智房に会えたのか」

「いえ。もう講義には来ないそうです」

「そうか」

「智房殿に、何をしたのですか」

「まるでわたしのせいのように聞こえるが」

「他にどんな理由があるのです」

貴氏は高笑いをしたが、すぐに真顔になって信政を睨んだ。

「悪いことは言わぬ。痛い目に遭いたくなければ、あの者は放っておけ」

信政は廊下に歩み寄り、貴氏に訴えた。

「共に学んでいる者をいたぶって、何がおもしろいのですか」

「おい、人聞きの悪いことを言うな」

貴氏の仲間が信政の肩をつかんで廊下から離した。

怪我をしないうちに帰れと言われたが、信政は貴氏を見つめて問う。

「どうして智房殿を疎むのですか」

「帰れと言うているのが聞こえないのか」

取り巻きの者が胸を押し、信政は抗《あらが》わず尻餅をついた。

その姿がひ弱に見えたのか、貴氏は取り巻きによせと言って廊下に出てくると、信政に薄笑いを浮かべた。

「そんなに智房を好いているなら、己の目で確かめろ」

信政は立ち上がった。

「それはどういう意味ですか」

「はて、な」

貴氏は笑って部屋に戻り、取り巻きも続いて入って障子を閉めた。

冷泉が信政に眠たそうな目を向けてきた。

「関わらぬほうが身のためだぞ。わたしは、忠告したからな」

冷泉はそう言うと、部屋には入らず障子に向かって帰ると声をかけ、履物《はきもの》を履いて庭に下りてきた。

信政は、何が起きているのか教えてくれと頼んだが、冷泉は一言もしゃべらずに帰っていった。

ふたたび智房の屋敷に行った信政は、静かな通りに一人たたずみ、表門を見ていた。

通りを歩いていた商人風の男が、不思議そうな顔を向けてきて、通り過ぎてゆく。

人目を気にした信政は、覚えている屋敷の中の様子を頭に浮かべ、智房の部屋がある裏手に回ってみた。

相国寺の土塀と挟まれた裏の道は人の姿もなく、寺の土塀の上では、真っ白な猫がのんびりと昼寝をしている。

信政は、背丈の倍はある高さの北園家の土塀を見上げ、軽々と飛び上がった。すると、道を挟んだ寺の土塀にいる猫が、目を開けて見てきた。

逃げもせず見ている猫に対し、信政は口に人差し指を当てて微笑み、木が茂る庭に忍び込んだ。

玉砂利の音を立てず庭を横切って智房の部屋に行くと、そこにはいない。

人の気配がしたので、青みがかった大きな庭石の陰に身を潜めた。すると、食膳を持った家来が一人と、何も持っていない家来が肩を並べて廊下を曲がってくると、石陰に身を潜める信政に気付くことなく前を通り過ぎてゆく。

手ぶらの方が、食事の膳を持った家来に歩きながら問う声が聞こえた。

「若君は、いつまで閉じ込められているのだ」

「さあ、いつまでだろうな」

二人は心配そうに語り合い、裏庭に下りていく。

信政はあたりを探って誰もいないのを確かめ、二人のあとを追った。

庭木の奥に続く小道を行くと、そこには物置小屋があった。家来はその戸口に立つと、戸越しに声をかける。

「若君、お食事をお持ちしました」

一人が錠前を外して戸を開け、食膳を持った家来が中に入って行き、空になっている食膳を持って出てきた。

智房は閉じ込められているのだと知った信政は、庭木の陰に潜んで家来が去るのを待ち、物置小屋に近づいた。

平屋建ての小屋の横手には風通しの窓がある。

人目につきにくいのは好都合だと思った信政は、格子《こうし》をつかんで腕だけの力で身体を上げ、中を覗いた。すると、こちらに背を向けて板の間に座している智房が、背中を丸めて食事をしていた。

顔は見えなくとも、猫背で分かった信政は声をかけた。

「智房殿」

突然の声に振り向いた智房がぎょっとして、食べ物を吹き出して立ち上がった。

「信政殿、どうやってそこに」

窓は高い位置にあるため、信政が宙に浮いているように見えたのだ。

「話はあとで。今助けます」

「いけません」

「何か罰を受けるようなことをしたのですか」

「いいえ、そんなことはしていません」

「では助けます」

「待って。わたしはいいんです。それより、見つかったら信政殿が危ない。今すぐ帰ってください」

「何もしていないのに閉じ込められるとは、どういうことです」

わけを訊いても智房は答えず、下を向いてしまった。

「信政殿、こんなことをされたら迷惑です。どうか、お帰りください」

背を向けて座る智房には、人に言えぬ悩みがあるようだ。

そう思った信政は、かける言葉が見つからず、仕方なくその場から去った。

庭木の中を歩き、忍び込んだ場所から道に人がいないのを確かめ、外に出た。

猫はもうおらず、智房を心配しながら表の通りに出ると、土塀に背中を預けて貴氏が立っていた。

人の気配をいち早く察していた信政は、貴氏だったことに驚いた。

「どうしてここに」

貴氏は薄い笑みを浮かべて歩み寄る。

「そなたを待っていたのだ。歩きながら話そう」

宮中の方角に足を向ける貴氏に、信政は肩を並べた。

貴氏が顔を向ける。

「裏から勝手に入ろうとしたのか」

塀を越えたとは言えぬ信政は、話を合わせた。

「はい」

「恐れを知らぬようだが、見つかればただではすまないぞ」

「貴氏殿は、ここで何をされていたのです」

「この先に用があって来たらお前が見えたから、待っていただけだ」

「そうですか」

信政は頭を下げて、表門に向かった。

「おい、どこに行く」

「智房殿の母様《ははさま》に、講義を受けに来させていただけるようお願いしてみようと思います」

「無駄だ。やめておけ」

「どうしてです」

「奴はおそらく、物置小屋に閉じ込められているからだ」

貴氏が知っていたので、信政は驚いた。

「閉じ込められたわけをご存じなのですか」

「今にはじまったことではない」

「どういうことです。智房殿は、何か悪いことをするような人ではないはずです」

「智房は何も悪くはない。悪いのは親だ」

いつものように薄笑いを浮かべる態度に、信政は訊かずにはいられない。

「どういうことですか。叱られるようなことをしておらぬのに、何ゆえ親が閉じ込めるのです」

貴氏は信政の目を見た。

「智房から何も聞いていないのか」

「母様はお優しいお方でした。お父上にはお目にかかっていませんし、聞いていませんん」

「智房の父親は三年前に病で亡くなられ、今の当主は母親の弟だ。智房が当主になるまでと聞いていたが、当主になれる年になっても、未熟を理由に渡そうとしない。ようは居座っているのだ。噂では、実の息子に北園家を継がせようとしているらしい。これがほんとうなら、智房は邪魔な存在だろうな」

思わぬ話を聞いた信政は、どうにか忍び込んで智房を助けると言って戻ろうとしたが、貴氏に止められた。

「やめておけ、智房が従うはずはない」

「どうして、黙って閉じ込められているのでしょうか」

「逃げたら母親の命がないからだ」

「え！」

智房の母は穏やかで、脅されているようには思えなかった信政は、信じられない。

貴氏が真顔で言う。

「母親は、一歩も屋敷から出ることを許されていない。人質同然に、常に腰元が付いて見張っている。このようなことは言いたくはないが、智房が物置に入れられたのは、そなたを屋敷に招いたのが当主の耳に入ったからだ」

「そんな……」

自分のせいだと知って動揺する信政に、貴氏は頭を下げた。

「すまぬ。わたしは、智房を困らせてやろうとしてあのようなことを言ったのだ。まさか、まことに招くとは思いもしなかった。智房には、悪いことをした」

ばつが悪そうに顔をうつむける貴氏に、信政は思いをぶつけた。

「当主に腹が立ちます。家を牛耳っているなら、智房殿に酷い仕打ちをしなくても、己の息子に跡を継がせればよいではないですか」

貴氏は首を横に振りながら、何も分かっていないと言う。

「父親の遺言で智房が跡継ぎと決まっているのだから、当主といえども勝手ができるはずもない」

信政は途端に不安が込み上げた。

「まさか、殺す気では……」

「そなたは大人しそうな顔をして、武家のように野蛮《やばん》な考えをするのだな」

眉をひそめる貴氏に、信政は何も言い返せなかった。公家は武家とは違うと貴氏は言いたいのかもしれないが、銭才を見ているだけに不安が拭えない。

「智房殿を助けるには、どうすれば良いでしょうか。わたしには考えが浮かびませぬ」

「ひとつだけある」

信政は希望を持った。

「わたしにできることならなんでもしますから、お教えください」

「家のことゆえ、誰も口出しはできぬ。解決の手はただひとつ。智房が跡を継がぬと言えば良い。だが智房は、父親の遺言を守ると申して譲らないらしい」

「わたしが智房殿の立場でも、同じことを言うでしょう」

信政がそう告げると、貴氏は高笑いをした。

「似た者同士か。どうりで気が合うはずだ」

貴氏にそう言われて、信政は悪い気がしない。むしろ、嬉しかった。

「なんとか、智房殿を屋敷から助け出せないでしょうか」

「本気で申しているのか」

「はい」

貴氏は長い息を吐き、かぶりを振った。

「浅はかな考えだ。智房が屋敷から逃げようものなら、あの男は容赦なく命を取りに来る。母親も、当主の実の姉とはいえほんとうに命を取られてしまうぞ」

「二人とも助け出します」

貴氏は笑った。

「わたしの友にちょっと押されただけで転ぶような者が、どうやって助け出すというのだ。運よく叶ったとしても、追っ手から守ることはできまい」

「守ってみせます」

信政の態度に、貴氏は真面目な顔になった。

「本気か」

「はい」

じっと信政の目を見ていた貴氏は、うなずいた。

「分かった。では、手を貸そう。わたしが言うとおりにすれば、きっとうまくいく」

前から考えていたと言われた信政は、貴氏の優しさに触れて嬉しくなり、屋敷に来るよう誘われて笑顔で応じた。

貴氏の部屋で二人きりになったところで、信政がすべきことを告げられた。

「北園家の隣にある空き屋敷の持ち主は、わたしの父と親しい者ゆえ貸してもらう。閉じ込められる場所は決まっているから教える。そなたは土塀を越えて、智房を説得して屋敷に連れてまいれ。そのあとで母親に伝えてきてもらい、しばらく二人を隠しておけば、当主に命を狙われる恐れもない」

「長くは隠れられないでしょう。当主の目を盗んで、どこか遠くに逃げていただくのはどうでしょう」

「智房が京から出るはずもない。しばらく隠れて、そのあいだに智房が当主になれるよう南条様にお願いすれば、北園家を乗っ取ろうとしている親子を追い出す手を考えてくださるはず。そこに期待しようではないか」

「良い手です」

信政は貴氏の策に従うと言った。

貴氏がうなずく。

「隣の屋敷は今日にでも借りる。母御はわたしにまかせて、そなたは智房を頼む。これより文を書くゆえ、智房に渡してくれ。きっと、従うはずだ」

「承知しました」

信政は別室で控えるよう言われて従い、貴氏の指示を待った。

五

すべて支度が整ったのは夜だったが、貴氏は、ことを起こすのは明朝がいいと言った。

北園家の当主宣親《のりちか》が、禁裏でおこなわれる朝廷の儀式に参加するため、朝から留守にするという情報を得たからだった。

「実に都合が良いではないか」

貴氏は満足そうに言い、今夜は泊まるよう誘われた信政は、持久を心配させぬために一旦帰ると告げた。

「先生には、まだ内緒だぞ」

口止めをするのは秘策だからだと言われた信政は、貴氏との距離が縮まった気がして、笑顔で応じて帰った。

約束どおり持久には何も伝えず夜を過ごした信政は、翌朝早く出かけ、貴氏と共に北園家に向かった。

途中で宣親の駕籠《かご》とすれ違い、情報どおりだ、と言った貴氏が信政に微笑んだ。例のたくらみを含んだ表情は、今日ばかりは不快ではない。

屋敷に到着すると、貴氏は表から堂々と訪ね、信政は計画に従って裏に回った。貴氏が用意していた梯子を使って土塀を越えて忍び込み、智房がいる物置小屋に急ぐと、格子窓に飛び付いて中を見た。

智房は薄暗い中で仰向けに寝転がり、書物を読んでいた。

「智房殿」

声に驚いた智房は、立ち上がって歩み寄る。

「また来たのですか。何度言われても行きませんよ」

「今日は一人ではありません。とにかく、これを読んでください」

文を落とすと、智房は拾って目を走らせ、戸惑った顔を上げた。

「貴氏殿が、手を貸してくださるのですか」

「智房殿の事情を貴氏殿から聞きました。ここにいては命が危ない」

「ほんとうに、貴氏殿が母を連れ出してくださるのですか」

「今貴氏殿は、貴氏殿の母様からの手紙だと偽って、この策を伝える文を届けられています。きっと来てくださいますから、先に隣の空き家に行きましょう」

智房の表情が明るくなった。

「そういうことなら行きます」

応じた信政は、小屋に立てかけられていた角材をつかんで表に行き、鍵を打ち壊した。

戸を開けて出てきた智房を案内して庭木のあいだを進み、空き家と隔てる土塀の下まで行くと、信政はしゃがみ、手を組んだ。

「ここに足をかけてください。持ち上げますから」

「はい」

智房が右足をかけると、信政は軽々と持ち上げた。細い身体からは想像もできぬ腕力に、おお、と声をあげた智房は、土塀のてっぺんにしがみ付き、よじ登った。

「飛び下りて」

信政が言うと、智房は向こう側を見て高さに躊躇ったものの、えい、と声を発して下りた。尻餅をついた智房は、土塀のてっぺんに飛び上がった信政に目を見張った。

「凄い。どうやったのです」

飛び下りた信政は、微笑んで智房の腕を引いて立たせると、打ち合わせどおり母屋に連れて行った。

表ではなく裏の勝手口から中に入ると、長らく風通しがされていなかったらしく、かび臭い。

小窓が板で塞がれた炊事場は暗く、表に続く土間の先はよく見えない。

「ここで待ちましょう」

炊事場の横にある板の間に腰かけるよう促すと、智房はかけてあった雑巾《ぞうきん》で上がり框の埃を払って、信政を促した。

信政が礼を言って腰かけると、智房は隣に来て顔を向けた。出会って以来、初めて見る明るい表情だ。

「なんだか、物語に出てきそうな場面でこころが弾みました。こんなこと、よく思いつきましたね」

「貴氏殿の策です」

「あのお方は知恵がありますからね。それにしても、わたしの味方になってくださるとは意外です」

「確かに普段は冷たい人ですが、同じ場所で学ぶ仲間が辛い目に遭わされているのを、気にかけていらっしゃったのではないでしょうか。本人の口から聞いたわけではありませんが、そんな気がします」

智房は目に涙を浮かべた。

「前に一度、辛いなら家を出たらどうだと言われたことがあります。家督《かとく》を継ぐまで面倒を見ると言ってくだされたのですが、できませんでした」

「母様のためだと、うかがいました」

智房はうなずいた。

「わたし一人が逃げれば、叔父に何をされるか分かりませんから」

「そんなに恐ろしい人なのですか」

「初めは優しかったのです。でも、父の立場をそのまま受け継いだ叔父は、次第に変わってしまわれたのです。今は、わたしが目障りなのでしょう」

「いくら母様の弟とはいえ、ご遺言を無視して御家を乗っ取るだなんて厚かましすぎます。智房殿を物置小屋に閉じ込めて……」

いずれは命を取る気だという言葉を、信政は飲み込んだ。

「やることが酷い」

腹を立てる信政に、智房は微笑んだ。

「おかげで助かりました。母さえ来てくだされば、父の遺言書を持って朝廷に訴え、叔父には出ていってもらいます」

「それまで力になります」

「信政殿がいてくれて、ほんとうにこころ強いです」

智房が笑顔で頭を下げた時、裏庭に人の気配がした。

いち早く気付いた信政が戸口から出ると、貴氏がいた。

「うまくいきましたか」

信政の声に顔を向けた貴氏が問う。

「智房は」

「ここにいます」

信政の背後から智房が歩み出ると、貴氏は表情を一変させ悪い笑みを浮かべ、表側に下がった。

「母はどこですか」

追う智房に信政が付いて行くと、表玄関の前に駕籠があり、担ぎ手二人と、北園家の家来が三人いた。

その駕籠に見覚えがあった信政は、智房の腕を引いて止めた。

「貴氏殿、これはどういうことですか」

問う信政に貴氏は答えず、駕籠のそばに行って片膝をついた。

「わたしの策どおり、智房がおります」

そう告げると、駕籠の戸が開けられた。顔を出したのが母ではなく宣親だったため、智房は恐れて下がった。

信政は智房を守って前に出ると、貴氏を見た。

「騙したのですか」

貴氏は、例のいやな笑みを浮かべた。

「そう怒るな。これも、我が有栖川家のためだ」

「ほっほっほ」

駕籠の中で高笑いをした宣親は、鉄漿《おはぐろ》を扇で隠している。こちらに向ける目は、愉快そうだ。

「貴氏、ようやった。約束どおり、お前の父親が帝のおそばに仕えられるようにしてやろう。いずれお前のものになる有栖川家は、安泰ぞ」

「ありがとうございます」

喜ぶ貴氏に対し信政は、裏切られた悲しみよりも、智房を心配した。

智房が宣親に問う。

「母はどこにおられるのですか。ご無事なのでしょうね」

宣親はまた高笑いをして、智房を横目で見ながら告げる。

「何か勘違いをしているようじゃが、姉上は、たとえこれが謀《はかりごと》でなくとも、ここには来られなかった」

「どうしてですか」

「決まっておろう。姉上は、つまらぬ書物ばかり読むお前よりできが良い宣安《のりやす》に、北園家の家督を譲りたいのだ」

「そんなはずはない」

「それがあるのだよ、智房。姉上は、従兄弟《いとこ》であるそなたの父に嫁いだが、さして構ってもらえず寂しい思いをされていた。ようやく授かった息子ときたら、いくら心血を注いで育てても、父親に似てできが悪いために、北園家の行く末を案じておられたのじゃ」

「わたしにそう思わせるためにこんなことをしたのでしょうが、騙されませんよ。母上はそんな人ではない」

「ならばどうして、物置小屋に閉じ込められても助けようとせぬ」

「そ、それは、あなたに脅されているから……」

「わたしが、実の姉を殺すわけがなかろう。それは、お前の思い込みじゃ」

「嘘だ！」

「嘘ではない。わたしがこうしてここにおることを、姉上はご存じなのだからな」

「母の口から聞くまでは、信じるものか」

「それは難しいな」

「会わせぬと言うのですか」

「お前が強情を張らずに、父の遺言を破棄すると言うなら、考えてやってもよいぞ」

信政は智房の腕をつかんだ。

「智房殿、行きましょう」

裏から逃げようと走ったが、五人の浪人者が現れた。

逃げ道を塞がれた信政は、宣親に問う。

「破棄を拒めば、どうする気か」

「お前たちも知っておろう。下御門実光という公家が徳川を潰さんとして、京で騒動があったのを。あの一件以来、ここにおるような食いはぐれ者が増えて、京はいまだに物騒なのだ。そんな京ゆえ、何があっても、おかしくないというわけじゃ」

たくらみに満ちた笑みを見た信政は、浪人たちを警戒し、宣親に問う。

「わたしたちを、ここで殺す気か」

答えない宣親に、智房は信政をかばって前に出た。

「わたしはどうなってもいい。信政殿だけは、助けてください」

宣親は智房を睨んだ。

「言うているだろう。父の遺言を破棄すれば、誰も死ななくてすむ。さ、出しなさい」

「ここにはありません。ですが、言うとおりにしますから、信政殿を帰してくださ い」

「だめだ。お前たちを帰すのは、遺言状を手にしてからだ。どこにある。家来に取りに行かせるゆえ隠し場所を言え」

信政が言う。

「教えたらいけません」

振り向いた智房は、いいのです、と言って微笑み、前を向いた。

「父の遺言状は、一条右大将様《いちじょううだいしょう》にお預けしています」

「何！」

帝の覚えめでたい一条内房《うちふさ》には手が出せない宣親は舌打ちしたが、すぐさま機嫌をなおして笑った。

「どうりで屋敷中を探してもないはずじゃ。いつの間に預けたか知らぬが、そういうことには、知恵が回るのじゃな」

「母のお考えに従いました。ですから、母がわたしを裏切るはずはない」

そう告げた智房に、宣親は怒気を浮かべた。

信政が宣親に告げる。

「ここで智房殿の命を奪えば、遺言状をお持ちの一条様は必ず、あなたの仕業と疑われます。誰にも言いませんから、あきらめて帰ってください」

「小僧が生意気を言うものではない」

真顔で告げた宣親が、智房に目を向けた。

「こんな時のために、遺言に従わないという誓約書を用意しておるゆえ、名と花押《かおう》を記せ。さもなくば、二人とも命はないぞ」

「ほんとうに、帰してくださるのですか」

「嘘は言わぬ」

智房は、信政のために屈した。

「分かりました」

宣親の指図に応じた家来が歩み出て、智房の前に文机を置くと紙を広げた。

もう一人の家来に筆を渡された智房は、信政が止めても応じず、地面に正座した。

家来に書の左側を示され、名と花押を書けと迫られた智房は、いざ書こうとすると手が震えはじめ、涙をためた目を宣親に上げて言う。

「やはり、父の遺言には逆らえません。わたしだけ殺してください。どうか信政殿だけは、お助けください」

「だめだ！」

怒鳴った宣親は、血判《けっぱん》を取れと命じた。

二人の家来が取り押さえようとしたが、智房は誓約書を手に取って破った。

舌打ちをした宣親は、憎々しげな顔で告げる。

「命だけは助けてやろうと思うたが、自ら捨てるとは愚かな。一条殿には、どうとでも言いわけができる。二人とも殺せ！」

応じた浪人が刀を抜いて迫った。

智房めがけて袈裟懸けに打ち下ろされたが、その前に信政が智房をつかんで引いていたため空振りした。

怒気を浮かべた浪人が、

「こしゃくな」

口汚く言い、正眼に構えて迫る。

信政は智房から手を離さず下がり、斬りかかった浪人の一撃をふたたびかわし、密《ひそ》かに拾っていた小石を指で弾き飛ばした。

礫《つぶて》と化した小石が眉間に命中した浪人は、激痛に呻き、たまらずしゃがんだ。

「急いで」

信政は智房を連れて走り、家来の隙間を突いて表門から外に逃げた。

追って出た浪人の頭目が指笛を吹いた。

道に響く合図に応じて、外を見張っていた二人の浪人が行く手を塞いだ。

信政は、つい口から出た。

「学問に専念しようと思っていたのに」

「すみません」

智房に詫びられて、信政は慌てた。

「違うのです。智房殿は悪くありませんから。一緒に、鵺を退治しましょう」

智房は驚いた顔をして、すぐにうなずいた。

「何をごちゃごちゃ言うておるか！」

道を塞ぐ浪人が怒鳴り、抜刀して迫ってきた。

信政は背後の追っ手を確かめ、前に進む。浪人が袈裟斬りに打ち下ろした太刀筋を見切ってかわしざまに、脇差を抜いて手首を斬った。

呻いて傷を押さえる浪人には目もくれない信政は、智房を斬ろうとした浪人に脇差を投げた。

太腿《ふともも》に脇差が突き刺さった浪人は、振り上げていた刀を落として倒れ、痛みに呻きながら地べたを転げ回る。

信政は、智房の腕を引いて逃げた。

だが、智房の足は恐ろしく遅く、少し走った先にあった屋敷まで逃げたところで、五人の浪人に追い付かれてしまった。

信政は智房を土塀に押して守り、五人と対峙《たいじ》する。

石礫で眉間から血を流している浪人が、信政に言う。

「小僧、覚悟しろ」

仕返しをするべく、刀を振り上げて迫ってきた。

息を整えた信政は、大上段から斬りかかった浪人の間合いに飛び込み、手首を受け止めると同時に、相手の喉を指で突いた。

息ができなくなった浪人は、倒れてもがき苦しみ、やがて気を失った。この時にはもう、信政の手には浪人の刀がにぎられている。

道謙に鍛え抜かれた技を見せた信政に対し、公家の息子と油断していた浪人たちは緊張した様子となった。

「小僧、よくも」

頭目が刀を向け、手下に斬れと命じる。

応じた三人が信政に切っ先を向けて迫り、髭面《ひげづら》の男が横一文字斬りに振るってきた。

右から迫る刃を受け止めた信政は、くるりと身体を右回転させ、相手の背中を峰打ちする。その太刀筋は鋭く、ただの一撃でのけ反った男は呻き声をあげて倒れ、激痛に苦しみもがいた。

二人の手下が目を見張り、

「おのれ！」

気合をかけ、同時に斬りかかってきた。

左右から打ち下ろされる刃をかい潜った信政は、一人は胴を打ち、もう一人は振り向きざまに飛び、幹竹《からたけ》割りに肩を峰打ちした。

肩の骨を砕かれた浪人は気絶し、胴を打たれた浪人はしぶとくも斬りかかってきたが、信政は袈裟斬りをかわし、相手の額を軽く打って昏倒《こんとう》させた。

残った浪人の頭目は、信政を睨む。

「小僧、貴様ただの公家ではあるまい。何者だ」

銭才の残党を警戒して、京の町では信平の子であることを伏せるよう道謙から言われている信政は、こう答えた。

「ただの学問好きです」

「公家の学問か。ふん、どうせしきたりや、世の中がまるで分かっておらぬ狭い了見で編纂《へんさん》された史籍を読んでおるのだろう。そのような物を極めたとて、なんの役に立つものか」

「そうは思いませぬ」

「まあいい。つまらぬ話に付き合う気はない。おぬしの剣の腕を見込んで、我が太刀友平《ともひら》の錆《さび》としてくれる」

ぎらりと向けた太刀の反りはきつく、波打つ刃文はいかにも切れ味が鋭そうだ。

相手の殺気も、他の者とはくらべものにならぬが、友を守りたい一心の信政は動じぬ。

下段に構える相手に対し、信政は正眼に構えた。

「刀が重そうだな」

こう述べた浪人は、自信に満ちた顔で迫る。

間合いを詰めるなり、

「えい！」

気合をかけて斬り上げた鋭い一撃。

信政は、相手の目を見たままかわした。

渾身《こんしん》の一撃を空振りさせられた浪人は、

「かかったな」

告げるなり、脇差を抜いて投げ打った。

浪人の狙いは信政ではなく、智房だったのだ。

信政は大刀を投げ、脇差に当てた。

大刀と脇差が土塀に突き刺さり、そのあいだに立っていた智房は恐怖に目を見開き、腰を抜かした。

浪人は自慢の太刀をもって智房に迫ったが、地を蹴って飛び、浪人の頭上で宙返りをした信政が着地と同時に土塀から大刀を引き抜き、斬りかかってきた浪人の刀を弾き上げた。

「おのれ！」

怒鳴った浪人が太刀を大上段に振り上げた。一瞬の隙を突いた信政は間合いに飛び込み、胴を峰打ちした。

呻いた浪人が振り向いたが、腹を押さえてうずくまり、悶絶《もんぜつ》した。

浪人どもが勝つと決めてかかっていた宣親と貴氏は、信政が見ると顔を引きつらせた。

宣親が家来たちにかかれと命じたが、形勢不利と見るや手の平を返し、智房を守った。

「不忠者！　許さぬからな、覚えておれ！」

裏切った家来たちに怒りをぶつけた宣親であったが、信政が一歩近づくと悲鳴をあげ、貴氏と逃げようとした。

だが、屋敷の門前にいた十歳くらいの娘が両手を広げて、二人の行く手を阻《はば》んだ。

そして、娘に付き添っていた三人の男のうち二人が、宣親と貴氏を取り押さえた。

「な、何をする。離せ。わたしを誰と思うておるのじゃ」

宣親が訴えると、指図をしていた四十代の男が顔をまじまじと見るなり、あっと声をあげた。

「なんと、北園卿《きよう》ではありませぬか」

「そうじゃ、宣親じゃ。そのほうは誰じゃ、名乗れ」

酒の蔵元、笹屋《ささや》千左衛門《せんざえもん》と名乗った四十代の男の神妙な態度に、宣親は勢いを取り戻した。

「笹屋、捕らえる相手を間違えておるぞ。あの者は、北園家に忍び込んだ盗っ人《ぬすと》じゃ」

信政を指差し、捕らえろと命じた。

応じて信政に顔を向けた千左衛門は、

「はて、どこかで見たような……」

眉間に皺を寄せてじっと見つめていたが、あっと声をあげる。

「思い出しました。鞍馬寺の麓《ふもと》の町に、酒を求めに来られていましたね」

千左衛門の店は、鞍馬にもあったのだ。

「道謙様はお元気ですか」

こう言われて、信政は隠し切れぬと思い応じた。

「はい。ご息災に暮らしておられます」

「お弟子様が、ここで何を」

「道謙様の命で、今は学問を習っております」

道謙を知っている宣親は、話を聞いて愕然とし、真っ青な顔で信政を見てきた。

「ど、どういうことじゃ。道謙様の弟子じゃと」

これには千左衛門が答えた。

「そうです。道謙様のお弟子を大勢で殺そうとするとは、いかに北園卿といえども、見逃せませんぞ」

千左衛門は表情を険しくして、男たちに縄で縛れと命じた。

「わたしはこれより、所司代様にお知らせしにまいります」

信政が千左衛門に告げて頭を下げ、行こうとすると、宣親が叫んだ。

「それだけは勘弁してくれ！　北園家が潰されてしまう」

手を合わせて懇願された信政は、初めからその気はない。智房に顔を向けた。

「どうするか、決めてください」

応じた智房は、意を決した顔を宣親に向ける。

「家を出ると約束してくだされば、今日のことも、これまでわたしにしたことも、忘れます」

宣親は観念して、身体中の力が抜けたようにうな垂れた。

「承知した。すぐに出る」

信政が言う。

「わたしが見届けましょう。千左衛門殿、お助けくださり、ありがとうございました」

「なんの。道謙様から賜ったご恩を思えば、なんでもありません」

「二人を、お離しください」

応じた千左衛門が指図すると、男たちは手を離した。

貴氏は真っ青な顔をして逃げていった。

信政は智房を助け、宣親を連れて北園家に向かった。

商人らしく腰を折って見送った千左衛門は、娘に歩み寄ってこう告げた。

「大姫《おおひめ》様、あのお方は、鷹司松平家の若君です」

すると大姫は、信政の後ろ姿を見て微笑んだ。

「優しいお方ですね」

「はい。お父上に似て心優しい若君です。姫様がもう少し大きくなられましたら、この千左衛門が、お世話をいたしましょう」

「何をするのです？」

「それは、先のお楽しみ」

大声で笑う千左衛門を、大姫はつぶらな瞳で不思議そうに見ている。

「ささ、中にお入りください」

大姫を促して門から入れた千左衛門は、歩み去る信政を見て目を細めた。

「まことに、良い若君だ」

第四話　姉妹の絆《きずな》

一

「空き地が多いゆえ、町を大きくしたい」

信平が家臣たちにそう告げた鷹司町は、確かにまだ発展途上だ。

表門から真っ直ぐ延びる大通りには商家が軒を連ねているものの、そこから外れれば、大名屋敷だった頃の馬場跡や、広大な庭の森が残っている。その森の手前には、小川の水を引き込んだ池があり、今日のおかず目当てに釣り糸を垂れる者がちらほらといる。

釣り人の目当ては黒鯉だが、上がるのは小魚ばかり。舌打ちをする大人の横で釣り糸を垂れていた男児が、

「おじさん、その魚を馬鹿にしてるけどさ、油で揚げると旨いよ」

こう教えた時、浮きがすっと水面から引き込まれた。

「おい、食ったぞ」

大人の男に指差された男児は、慌てて引いた。すると、竿《さお》がしなって水面に持って行かれるほどの手応えだ。

「小僧、でけぇぞ！　慌てず上げろ」

大人に手伝ってもらってようやく釣り上げたのは、丸々と太った黒鯉だった。

大喜びした男児は、笹でくくった黒鯉を重そうに持って、羨望の眼差しを向ける大人たちに自慢そうな顔をして家路についた。

男児が帰ったのは、池に近い場所にある椿長屋だ。

路地の入り口には、長屋の名の由来となった、見上げるような立派な椿がある。

名前を聞けば住んでみたい気になるが、実際は、生きる気力がない者たちばかりが集まった掃きだめのような場所だ。

店賃《たなちん》も江戸の町にある長屋より格段に安く、なんとか暮らせるからか、住人はろくに働かない。

そんな長屋に帰った男児は、人がいない路地のどぶ板を踏み抜かないようにゆっくり歩き、自分の部屋に入った。

寝て待っていた両親が大喜びする声が外まで聞こえ、隣の部屋から何ごとかと住人が出てきたが、金になる話じゃないと知るとあくびをして、中に戻った。

そんな長屋の住人たちは、いくら貧しくても、椿には手を出さない。なぜなら椿には、木魂《こだま》が宿っていると信じているからだ。

住人たちが恐れるのにはわけがある。それは、ここが大名屋敷だった頃、一人の藩士が大好きな将棋の駒を自分でこしらえようとして、材料に良いとされる椿の枝を切った。すると、その切り口から血が流れ、藩士は数日後に正気を失い、椿の根元で死んでいたという伝説があるからだ。

そんな椿の近くに、十歳と六歳の姉妹が二人だけで暮らしている。

姉の名は美月《みつき》、妹は恵代《えよ》と言い、甘え盛りの恵代は、大きな鯉を持って帰る男児を羨《うらや》ましそうに見ていた美月の背後から抱き付き、おなかすいたとねだった。

二人の父母は一年前に、姉妹を残してこの世を去っていた。夫婦船で荷を運ぶ仕事をしていたのだが、大きな船とぶつかってしまい、海に投げ出されて命を落としていたのだ。

他に身寄りがない姉妹は、親が残した金でつつましく暮らしていたが、つい先日、僅かな米を買ったのを最後に尽きてしまい、昨日はついに、食べる物がなくなった。

「ねえお姉ちゃん、何か食べたいよう」

団子を買う銭もない美月は、恵代の手を引いて外に出た。いつも世話になっている隣の部屋に助けを求めようとしたのだが、中から、幼い男児が泣く声が聞こえたため、戸をたたこうとした手を止めた。

「今日はもうこれしかないのよ。我慢して」

母親の声が、頼ろうとしていた美月をあきらめさせた。いつも家を留守にしている父親のせいで、ご飯を食べられない日があるのを知っていたからだ。

そんな事情を知らない恵代は、行こうと言ってぐずった。

美月は中に聞こえないよう恵代の口を塞ぎ、部屋に戻ろうとして前を向いたところ、地面に落ちていた何かがつま先に当たって転がった。見ると、赤くて丸い物だった。開く前に落ちた、椿の実だ。

椿の種は、鬢付け油や行灯《あんどん》の油にできるのを母親から聞いて知っていた美月は、屋根の上にそびえる椿を見上げた。枝には、口を開けて今にも種が落ちそうな実がいっぱい付いている。部屋の横手に歩いて木のそばに行ってみれば、今日になって落ちたのか、地面を覆い隠すほどの種がそのままになっていた。

「お姉ちゃん、何して遊ぶ」

美月の迷いを知る由もない恵代は、空腹を紛らわすために遊びたがった。

「いい子だから、部屋で待っていて」

「いやだよう」

「言うことを聞いてくれたら、美味しいご飯を食べさせてあげるから」

「ほんとう」

「約束する」

美月は妹をなだめて部屋に戻り、一人で外に出た。背伸びをして格子窓から中を見ると、恵代はお手玉で遊んでいた。

美月は、路地に誰もいないのを確かめて椿の下に行くと、持ち出していた袋の口を広げてしゃがんだ。急いで種を拾い集め、袋を一杯にした美月は、袖で隠して路地から走り出た。長屋の者に見つからないよう裏手に回り、誰も足を踏み入れない森を抜けて土塀まで行くと、細い美月が潜れる穴から抜けて外に出た。目の前には、麻布の田畑が広がっている。何も植えられていない田畑を横目に細い道を急いだ美月が向かったのは、鷹司町から遠く離れた本芝町《ほんしばちょう》だ。母親に何度か連れて行ってもらったことがある町に到着した美月は、海端に出てしゃがみ込んだ。そこは、両親が荷船を繋いでいた場所であり、亡骸《なきがら》が戻ってきた場所でもあるからだ。

親を喪《うしな》った寂しさを克服できていない美月は、人目をはばかり、声を殺して泣いた。

「おっかさん、おっとう」

どうして置いて行ってしまったのと訊いても、返事は聞こえない。

荷船の上で笑っていた父の顔や、どんなに忙しくても欠かさず髪を梳《す》いてくれた優しい母の顔が目に浮かぶ。

亡くなっても、きっとあなたたちのそばにいてくださるから、と慰めてくれた、隣のおくめの言葉を思い出した美月は、待っている恵代のために涙を拭い、立ち上がった。

わたしが恵代を守るからと、墓前で誓っていた美月は、椿の祟《たた》りは怖いけれども迷いはなかった。

母と行ったことがある店に行き、暖簾を潜った。

いろんな物が売られている店で人気なのは、香りがいい鬢付け油だ。

母に買ってもらったことがある美月は、明るく優しく接してくれた手代に頭を下げ、持っていた袋を差し出した。

「これを買っていただけませんか」

手代は不思議そうな顔で応じて、袋を受け取って中を見た。

「椿の種か。ちょっとお待ち、旦那様に訊いてみるから」

奥に下がった手代は、帳場にいた年嵩《としかさ》の男に渡して相談をはじめた。

種を手に取って見ていた店主は、美月に顔を向けて手招きした。

厳しい顔をされて緊張した美月が、手を前にしてうつむき気味に歩み寄ると、店主は上がり框まで出てきた。

「お前さん、これをどこで手に入れたんだい」

「うちの横にある木から落ちたのを拾いました」

「気を悪くしないでおくれ。よそ様の木じゃないだろうね」

「長屋のみんなの物です」

「ほおう、長屋の。家主の許しは得ているのかい」

「家主様も、長屋のみんなも拾わないから、毎年捨てられています」

「こんなに良い種を捨てるのかい。それはもったいないねえ」

じっと見ていた店主と目が合った美月は、下を向いた。藍染《あいぞめ》の袖に穴が開いているのをこの時気付いた美月は、恥ずかしくて隠した。

「お前さん、一人で来たのかい。おっかさんかおとっつぁんが近くにいるなら連れて来なさい。話はそれからだ」

美月はまた、悲しくなった。

「おっかさんとおとっつぁんは、去年、近くの海で亡くなりました」

すると店主の態度が変わった。

「ひょっとして、荷船がぶつかったやつかい」

「はい」

「そうだったのかい。あれは、気の毒なことだったたね。女将さんは、時々うちを利用してくださっていたんだよ」

「知っています。だからお願いに来ました」

「よし、他ならぬお前さんの頼みだ。買わせてもらうよ」

店主は帳場から銭を持って来ると、美月の手を取って渡してくれた。

一年のあいだ親の蓄えを使っていた美月は、目を丸くした。

「こんなに、いいんですか」

「種の質が上等だから、いい値段で買わせてもらうよ。今回は、わたしの気持ちも少しだけ入れさせてもらったけどね」

「ありがとうございます」

「いいってことさ。売りたくなったらまたおいで」

「はい」

安堵して深々と頭を下げた美月は、さっそく米を買いに走った。


日が暮れる前に帰った美月は、待ちくたびれて寝てしまった恵代を起こしてやり、目の前に土産を差し出した。

恵代は途端に目を輝かせた。

「わあ、飴《あめ》だ」

「今からご飯を炊くから、それを舐《な》めながら待ってなさいね」

頭をなでてやり、炊事場に向かった美月は支度をはじめた。

今日は白いご飯を腹いっぱい食べさせてやり、明日からはまたお粥《かゆ》にすれば、なんとか数日は過ごせる。

米袋を見ながらそう考えた美月は、この時にはもう、椿の祟りは忘れていた。

恵代は漬物とご飯を喜んで食べ、美味しいね、と言って美月に微笑みかけた。

頬に付いたご飯粒を取ってやりながら、妹を食べさせるために、自分でも雇ってくれるところを探そうと決めて、翌日はさっそく町に出た。

だが、世間はそう甘くはなく、まだ幼いという理由で受け入れてくれるところはどこもなかった。

人に頭を下げるばかりで疲れ果てた美月だったが、それでもあきらめず、また明日、と自分に言い聞かせて長屋に帰った。

「恵代、すぐお粥を炊くからね」

声をかけながら部屋に入ってみると、恵代はいなかった。

「どこに行ったのかしら」

そう呟《つぶや》いて捜しに出ようとした美月の目に入ったのは、空っぽになった米櫃《こめびつ》だ。

「えっ！」

中に入れていたはずの米袋がない。

泥棒の仕業と思う前に美月の頭に浮かんだのは、妹の顔だ。

前にも、勝手に米を持ち出したことがある恵代の仕業を疑った美月は、隣に行った。

すると案の定、おくめの幼い息子秋《あき》太《た》郎《ろう》と、今まさに、むすびを食べていたところだった。

おくめが笑顔で応じる。

「あら美月ちゃん、お帰り。おばさんが米を炊いてあげたから、食べて行きなさい」

「あの、恵代が持って来てお願いしたようで、すみません」

「いいのよ。こういうのはお互い様だもの。でもよかったの？　すべて使っていいって言われたからそのとおりに炊いたんだけど」

「いいんです」

美月が答える前に、恵代が楽しそうに声をあげた。

夫が滅多に部屋に帰らず、おくめは暮らしに苦労し、秋太郎も腹をすかせているのだし、いつも世話になっているだけに、だめだとは言えない。こころの中では、明日からどうしようと思いながら、美月は笑って、四人でご飯を食べた。

翌日も、美月を雇ってくれるところは見つからなかった。

今日のご飯をどうしようか考えながら長屋に帰った美月の目にとまったのは、地面一杯に転がっている椿の種だ。

今夜は水で空腹を誤魔化して、明日はまた種を売るしかないと決めた美月は、夜を待って集めに出た。前回は人に見られなかったが、考えてみれば危なかったと、あとで思ったからだ。

路地に人がいないのを確かめて椿の下に走った美月は、急いで拾い集めた。

もう少しで袋が一杯になるという時に、

「おい！　祟られるぞ！」

背後でした声に驚いた美月が立ち上がって振り向くと、目を見開いた男がいた。同じ長屋で暮らす三助《さんすけ》だ。

信じられない、という顔で地面と美月を順に見た三助が言う。

「何やってるんだよ」

「ごめんなさい」

「いや、おれにあやまることじゃないさ。この椿はおれのもんじゃねえからよ。でもな、椿の祟りを知ってるだろう」

言葉もない美月がうつむいていると、遊びに来ていた六郎《ろくろう》が三助を止めた。

「お前の声はでかいから、怖がってるじゃねぇか。美月ちゃん、もう行っていいぜ」

優しく言われた美月は、ぺこりと頭を下げて部屋に帰った。

三助が種を置いて行けと言ったが、六郎が腕を引いて言う。

「親を亡くした可哀そうな子じゃないか。食うに困って種を売ろうとしてるんだろうから、見逃してやれよ」

「おれは心配をしてるんだって。この椿に手を出したら祟られるんだ。止めるのはあの子のためだぜ」

六郎は鼻で笑った。

「お前、本気で信じてるのか」

「おうよ」

三助は、部屋に帰った美月に聞こえないよう声を潜めた。

「あの子たちの親も、祟られて死んだって長屋の連中は思ってるんだぜ」

「どうして」

「母親が、椿の種を拾ってるのを見た者がいるからだよう」

「けっ、おれはそんなのは信じねえぞ。木が人様を呪い殺すもんか」

笑った六郎は、椿の種を拾って指で弾き飛ばした。酒を飲もうぜと言って離れようとした時、椿の実が頭に落ちてきて、六郎は木を見上げた。もうひとつ落ちた実が鼻に当たった六郎は、鼻血が出た。

痛くもないのに鼻から血が出たことに驚いた六郎は、背筋が寒くなったと言い、三助の腕を引いてその場から逃げた。そして、明かりが漏れている戸を開けて告げる。

「美月ちゃん、やっぱり祟りがあるぞ。兄さんがこれやるから、種は戻したほうがいいぜ」

六郎は袖から銭袋を出し、上がり框に立って強張《こわば》った顔をしている美月の足下に置いて帰っていった。

美月がいただけませんと言って外に出ると、

「遠慮せずもらっときな。これはおれの気持ちだ。そのかわり、もう拾ったらだめだぞ」

三助は真剣な顔で言って小銭をにぎらせると、六郎を追って走り去った。

美月は深々と頭を下げ、腹をすかせて泣く恵代のために、遅くまで商売をしている店を探して走り回り、ようやく見つけて、菜飯をむすびにしてもらった。

二

信平は、松姫と朋が庭で遊んでいるのを自室から見守っていた。

朋はまだ声を出さないが、松姫から手毬《てまり》の楽しみ方を教えてもらい、夢中で遊んでいる。

廊下にすり足の音がして、善衛門が来た。

「殿、道謙様から文が届きましたぞ」

さっそく目を通した信平は、善衛門に顔を上げた。

「信政が春に危機を救った北園家のことが書かれている。半年経って、ようやく片が付いたそうじゃ」

智房は晴れて北園家のあるじになり、母親と幸せそうだと、信政は自分のことのように喜んでいる。

文を読み終えた善衛門が、信平に返しながら言う。

「北園家といえば、勅使《ちょくし》を務める家柄ですぞ」

「では、いずれ江戸にくだる時があるか」

「若君と学問を共にされておったということは同じ年頃ですから、まだ先の話。若君の代になった頃でしょうな」

良い家柄の者と友になったと善衛門は喜び、信政が江戸に戻る日が楽しみだと目を細めている。

濡れ縁のそばに小暮一京が来て頭を下げた。

「殿、五味殿が折入ってお話ししたき儀があるとおっしゃり、居間でお待ちです」

善衛門が信平に顔を向けた。

「また厄介ごとですかな」

「まずは聞いてみよう」

信平が善衛門と共に居間に行くと、五味の笑い声が廊下まで聞こえた。

「たいした用ではなさそうですな」

善衛門の安堵した声を背中で聞きながら、信平は居間に入った。

お初を前にくつろいでいた五味は、居住まいを正して頭を下げた。

その神妙な態度に、善衛門が口を開く。

「急に改まってなんじゃ。厄介ごとを頼みに来たのか」

五味は信平が座るのを待ち、両手をついて膝を滑らせて近づき、大真面目に告げる。

「厄介も厄介、大厄介ですぞ」

信平は五味の目を見た。

「何があった」

「国許で五人も殺めた極悪の男を、鷹司町で見たと言ってきた者がいるのです」

座したばかりの善衛門が立ち上がった。

「なんじゃと！　それはまことか」

五味が善衛門を見上げて顎を引く。

「ええ、素性確かな者が言いましたから、間違いないかと」

「どこの誰じゃ」

「その者は、河内錦織藩《かわちにしごりはん》四万石西条家《にしじょうけ》の家臣で、名を鳥谷真之介《とりたにしんのすけ》と言います。鳥谷殿は、おれが信平殿と親しいのを知って頼ってきたのです」

善衛門が渋い顔をした。

「錦織藩の者が知らせるとはどういうことじゃ。下手人は藩にゆかりのある者か」

厳しく問う善衛門に、五味は顎を引いた。

「信平殿、お手は煩《わずら》わせませんから、捜すのを許してください」

「水臭いぞ。麿も手伝おう」

「いえ大丈夫。下手人と言うても、他人様に害を及ぼす恐れはありませんから」

信平は不思議に思った。

「どういうことじゃ」

五味は目を伏せて応じる。

「実は、これは仇討《あだう》ちの話なのです。鳥谷殿には二歳上の兄がおられたのですが、奥方が間男を家に連れ込んでいたところへ戻られ、怒りにまかせて間男をその場で成敗しようとしたところ、返り討ちにされたそうなのです。それだけではなく、間男はこともあろうに四人の家来も斬殺して、奥方を連れて出奔《しゅっぽん》したそうなのです」

善衛門が顔をしかめた。

「なんとも、聞くに堪えぬおぞましい話じゃ。まことにそのような不埒《ふらち》者が、殿の町におるのか」

五味は真顔でうなずいた。

「兄の仇を討つ許しを得ている鳥谷殿が言うのですから、ほんとうでしょう」

「では、殿の町で仇討ちをすると申すか」

「おれもそこが心配で、騒ぎは困ると言いましたら、捕らえて町から連れ出すから、中に入る許しを得たいと言われました」

善衛門が腕組みをして口を開く。

「わざわざ申し出たのは、殿の町と知った藩の者が、勝手に入るのを止めたからでしょうな」

「ご隠居のおっしゃるとおりです。信平殿の町を不埒者の血で汚さないと言うておりました」

信平は善衛門に顔を向けた。

「佐吉が番所とした表門の存在が、藩の者の立ち入りを躊躇わせたのだろう」

「でしょうな。これは良いことですぞ」

「されど逆に、追っ手から逃げる者にとっては、門が味方してしまったとも言える」

そうとも告げた信平は、大事な民が暮らす町で武家に騒動を起こさせぬために、五味に訊いた。

「捜し人の居場所に目星はつけているのか」

「いいえ。町の表通りで見かけ、見失ったそうです」

「ならば、おらぬかもしれぬな」

「そこを確かめたいようです」

「では、そなたに限って探索を許そう。見つけて知らせてやるほうが、仇《かたき》に逃げられる恐れもないはずじゃ」

「なるほど。それは思いもしませんでした」

納得した五味は、鳥谷と佐吉にそう伝えると言って立ち上がった。

善衛門が言う。

「お初の味噌汁を飲まずに行くとは珍しいではないか。殿の町に極悪人がおると聞いて焦っておるか」

「味噌汁は、信平殿をお呼びする前にいただきました」

「けっ。抜かりのない奴じゃ」

「力をもらわないと、探索ができませんからね」

五味は笑って言い、信平に頭を下げて帰っていった。

善衛門が膝を転じる。

「殿、心配なのでそれがしも行ってみます」

「佐吉もおるゆえよい。五味ならば、すぐに見つけるだろう」

そう告げた信平は自室に戻ろうとしたが、庭に松姫と朋の姿がないので、奥御殿に足を向けた。

三

五味は赤坂の小料理屋に走り、待っていた鳥谷に結果を伝えた。

鳥谷は、自ら捜せぬことに肩を落としたものの、

「では、藩邸でお待ちしております。私事でご迷惑をおかけし、申しわけありませ

ぬ」

神妙な態度で頭を下げ、人相書きを託した。

受け取って店を出た五味は、その足で鷹司町に走り、佐吉の屋敷を訪ねた。

いつになく真剣な顔をしている五味を見て、佐吉は何ごとかと案じた。

事情を告げた五味は、男女の人相書きを見せて問う。

「名は奥村源八郎《おくむらげんぱちろう》と真苗《まなえ》というのだが、暮らしていないか」

「調べてみよう」

町で暮らす者たちの住まいと名を調べ終えていた佐吉は帳面を出してきて、五味の前で広げたが、名はなかった。

「そのような者はおらぬな」

五味が応じる。

「追われている身で本名を名乗る馬鹿はいないよな。顔に見覚えはないか」

佐吉は、人相書きを手に取った。若い武家の男女に、首をかしげる。

「わしは見ておらぬが、他の者が知っているかもしれぬ」

廊下に出て、町で雇った小者たちを集めた佐吉は人相書きを見せたが、覚えがある者は一人もいなかった。

下がらせた佐吉は、五味に言う。

「わしが捜すから、人相書きを預からせてくれ」

「いやいや、騒ぎになるといけないから、おれが密かに捜すことになっているのだ。遊びに来たふりをして歩いてみよう」

五味はそう言って、町に出た。


三助と六郎に恵んでもらった銭を使い果たしても仕事にありつけていなかった美月は、空腹に耐えられない妹のために、椿の種を売りに行くと決めて外に出た。

今から芝へ走れば、夜はご飯を炊ける。

美月は、長屋の連中の目を盗んで、椿の種を集めにかかった。粒が大きくて重いのを選んで袋に入れていると、

「お嬢ちゃん、見事な椿だな」

後ろから声をかけられ、美月は、はっとして振り向いた。

「驚かせてすまん」

おかめのような顔が優しそうだと思った美月は笑顔で応じたのだが、帯に差された

紫房の十手《じって》を見た途端に息を呑み、慌てて地べたに平伏した。

「ごめんなさい！」

「おい、どうしてあやまる。おれは北町奉行所の五味という者だ。誰かと勘違いをしているのか」

美月は答えず、平伏したまま震えた。

「お許しください」

「だからどうして……」

「旦那！」

泣きながら許しを請われた五味が困っているところに、長屋の男が走ってきた。

「あっしは三助というもんですが、この子が何をしたって言うんです」

「おれが訊きたいよ。いきなりこうだもの」

すると三助が美月を見て、前にしゃがんで袋を手に取った。

「美月ちゃんひょっとして、椿の種を拾ったから捕まえられると思ったのかい」

「……………」

「どうなんだよ。泣いてたんじゃ分からないぜ」

顔を上げた美月は、三助にこくりとうなずいた。

「やっぱりそうか」

心配ないと言って美月の頭をなでた三助が、立ち上がって言う。

「旦那、あっしからお話ししやす」

事情を知った五味はもらい泣きをして、美月を立たせた。

「心配するな。おれはたまたま通りがかっただけだ。椿が長屋のみんなの物なら、いくら取ったっていいじゃないか」

「旦那、それがですね。この椿には、ちょいとした曰《いわ》くがございやして」

五味は笑った。

「ちょいと言うなら、種は売ってもいいだろう」

「いいんです」

賛同しかけて、三助は慌ててかぶりを振った。

「やっぱりだめだ」

「どうして」

「この椿に手を出すと、祟られるんです」

五味は眉間に皺を寄せた。

「ほんとうか」

「へい」

五味は美月に歩み寄った。

「腹が減りすぎて、それを知っていて売ろうと思ったのか」

美月は、五味に顔を上げた。

「働きたいのにどこも雇ってくれないから……」

声に出すと悲しくなり、涙が流れた。

何度も頬を拭って泣く美月の声を聞いた長屋の連中が集まってきて、五味に怒りの目を向けてきた。

「待て、おれが泣かせたんじゃないぞ」

五味はそう言いつつも、長屋の者たちの顔を見た。人相書きの男女がいないか、一人ひとり確かめたのだが、似た顔はない。

探索しているのを知られないために、長屋の連中に人相書きを見せなかった五味は、美月に声をかけた。

「泣かせてしまったお詫びに、腹いっぱい飯を食べさせてやろう。遠慮はいらないぞ」

「いいんですか」

「いいとも。妹を連れておいで」

恵代に美味しいご飯を食べさせられると思った美月は、喜んで呼びに戻った。

五味が長屋の連中を帰らせて待っていると、美月は妹を連れて戻ったのだが、妹は幼い男児の手を引いていた。

「誰？」

五味に訊かれた美月は、手を合わせた。

「この子は秋太郎と言います」

五味は笑った。

「秋太郎も腹をすかせているのか」

「はい」

「よしよし、みんなで行こう」

「旦那、あっしもおこぼれちょうだいしやす」

三助が甘えるものだから、五味はしょうがないなと笑って、気前よく応じた。

休楽庵に連れて行かれた美月は、いつか連れて行ってやる、旨いらしいぞ、と言っていた父親を思い出し、寂しくて悲しくなった。

妹たちに涙を見せまいとして、戸口でうつむいていると、五味を出迎えていた綺麗な女の人が歩み寄ってきた。

「ささ、お入りください」

美月が見ると、女の人は優しい顔で笑ってくれた。この人が女将さんだと知ったのは、中庭が美しい座敷に通された時だ。

次々と運ばれる料理に、恵代が早くも手を出そうとしたので美月が止め、お行儀よくしなさいと小声で告げた。

「さあ食べよう」

五味が箸をつけるのを見た美月は、恵代にいいよと言い、美味しそうな玉子焼きを箸で切り、秋太郎の口に入れてやった。

自分で食べると言う秋太郎に箸を持たせた美月は、ふと視線を感じて廊下に向いた。すると、女将がにこりと笑ってくれたので、美月も微笑んだ。

「旨い」

三助の声に向くと、目を丸くして魚の煮つけを見ていた。その顔がおもしろくて笑ってしまいそうになり、慌てて下を向く。

「旦那、いっぺんここに来てみたかったんです」

「おれも初めて来たが、話に聞いていたとおりの味だな」

五味に女将が礼を言い、どなたの紹介かと問う。

佐吉から聞いたと教えた五味は、箸を止めて聞いていた美月に顔を向けた。

「旨いぞ」

促された美月は、魚の煮つけに箸を向けた。口に入れると甘辛くて、嚙むともっと美味しい。自然に顔がほころんでいたのか、美味しいですと言って五味を見ると、安堵したような顔をされた。

「腹いっぱい食べなさい」

「ありがとうございます」

五味は女将を呼んで、一旦座を外した。

すると三助が、皿を持って美月のそばに来た。

「おれのも食べろ」

「こんなに食べ切れません」

「腹がへってるんだろう。子供は遠慮するもんじゃないぜ」

玉子焼きや甘い豆の煮物を置いてくれた三助は、自分の席に帰って言う。

「こんな旨い物、次はいつ食えるか分からねぇから、残さず食べなよ」

笑って言い、もりもりと食べはじめた。

戻ってきた五味は、三助と町の様子について語り合い、食事を再開した。

美月は秋太郎の面倒を見ながら食べ、美味しい料理で腹いっぱいになり、幸せな気分になった。

「寝てしまったな」

五味は、仲居が羽織をかけてやった三人の子供たちの寝顔を見ながら、三助に銚子を向けた。

「旦那、もう十分です」

「これだけだ」

空になった銚子を置いた五味は、美月と恵代が気の毒だと、ぼそりとこぼした。

「引き取ってくれる身寄りは、ほんとうにいないのか」

「へい。両親は江戸の者じゃありませんし、国にもわけあって帰れないと言ってましたから、どこの生まれか、誰も知らないんです」

「家主さえもか」

「ええ。うちの家主は人が好すぎて、店賃を払えば誰にでも貸すんです。そういうあっしも、長屋に流れ着くまでは根無し草の遊び人でしたがね」

「今は何をして食べているのだ」

「三日にいっぺん、家主を手伝って荷車を引いてやす。あっし一人食うには困らねぇので」

五味は三助の話を聞くいっぽうで、姉妹の親のことが胸に引っかかっていた。わけあって国に帰れないというのが気になりはしたが、捜し人にしては、若い鳥谷とくらべても子供の年が合わないと気付き、別人だろうと思った。

子供たちを起こして店から出た五味は、長屋に連れて帰る途中で、美月に聞こえるように、三助に告げた。

「椿の種のことは内緒だ。いいな」

「承知しやした」

「美月、やはり椿には手を出さないほうがいい。この町の代官の家を知っているかい」

美月は戸惑いがちな顔でうなずいた。

「そうか。だったら、腹がへったら行きなさい。食べさせてもらうよう、おれが頼んでおくから」

「でも……」

「心配するな、代官の江島佐吉殿は、おれの友の家来だから」

これには三助が驚いた。

「旦那、鷹司の殿様の朋輩《ほうばい》なのですか」

五味は胸を張った。

「うむ。信平殿が江戸に来られた頃からの友だ」

「へえ、町方の旦那と朋輩になられるとは、鷹司の殿様はおこころが広いお方なのですね」

「どういう意味だよ」

「いけね、つい……」

「酒に酔って本音が出たか」

「旦那、一食のご恩はいつかお返ししやすんで、許しておくんなさい」

「まあいいさ。お前の言うとおり、どうせおれは不浄役人だ」

「そういう意味じゃなくて、殿様ってのは町の者を相手にしないもんだと思ってましたから、町方の旦那が朋輩だと知って驚いたんです」

「信平殿は確かに、おれなんか足下にも及ばない将軍家の縁者だ」

三助が仰天《ぎょうてん》した。

「そいつはほんとうですかい」

「うむ。だが民を想う気持ちは誰よりも強く優しい。だからついつい、頼ってしまうというわけだ」

「そのお優しい殿様の町に来られたのは、何かわけ有りなので?」

勘働きが良い三助に、五味は人相書きを見せようかと思ったが、すぐに考えを消して笑って応じる。

「役目ではない。遊びに来ただけだ」

話をしているあいだに椿長屋の木戸門前に着いた。西日が射さない路地では、七輪を持ち出した何人かの住人が夕餉の支度をしていた。

満腹の秋太郎は、七輪で焼かれている魚には目もくれず路地を走って部屋に戻り、戸を開けた。

「おっかさん、ただいま」

「どこに行っていたの」

中からした母親の声を聞いた五味は、恵代に顔を向けた。

「勝手に連れて来たのか」

恵代は笑って、部屋の中に入った。

美月が五味に頭を下げた。

「ごめんなさい」

三助が言う。

「旦那、子供がしたことですから」

「母親にはお前から言っておいてくれ。じゃあまたな」

五味は帰ろうとしたのだが、あの、と声をかけられて振り向いた。

秋太郎を抱いた母親は、町方与力の身なりをしている五味を見て一瞬驚いた顔をしたが、申しわけなさそうな顔で頭を下げた。

「息子がご馳走《ちそう》になったそうで、まことにありがとうございました」

五味はすぐに返事ができなかった。母親が、人相書きの女そっくりだったからだ。

三助がにやけて告げる。

「旦那、おくめさんに見とれてもだめですよ。ちゃんとご主人がいるんですから」

真苗のはずだと思う五味は、改めて母親の顔を見て、探索を気付かれないように笑って三助の頭をたたいた。

痛がる三助を横目に、五味はおくめに言う。

「勝手に連れて行ってすまなかった」

おくめは首を横に振り、顔を歪めている三助を見てくすりと笑った。そして、改めて五味に言う。

「腹をすかせてもろくに食べさせてやれないものですから、助かりました。なんのお礼もできませんが……」

「いいってことだ。気にするな。それじゃ、またな」

秋太郎の頭をなでてやり、美月と恵代に笑みでうなずいた五味は、三助の見送りを受けて路地を戻った。

木戸の外で三助と別れようとした五味は、頭を下げる三助の背後を通って長屋の路地に入った男の顔を見逃さなかった。

「何かご用がありやしたら、いつでも声をかけてください」

そう告げる三助に、五味は小声で問う。

「あれは、秋太郎の父親か」

路地に顔を向けた三助が、部屋に入っていく男を見て五味に応じる。

「ええそうです。辛気《しんき》臭い野郎でしてね、おくめさんは、どこが良くて一緒になったんだか。旦那のほうが、よっぽどましですよ」

ているんだ」

「おれのことはいいんだ。それより、二親がいるのに、どうして秋太郎は腹をすかせ

「小平治《こへいじ》は、町家の灰を集めて農家に売る仕事をしているんですがね、女房と子供をほったらかして、いつも留守にしているんです。長屋の連中は、よそに女でもいるんじゃないかって言ってます。そうだ、旦那から、女房子供をちゃんと食わせろと言ってやってくださいよ。こないだなんか、せっかく美月ちゃんが買った米を、恵代ちゃんが勝手に隣へ恵んだって話ですぜ」

「母親は働いていないのか」

「ええ、小平治は滅多に帰らないくせに嫉妬深い野郎で、女房をほとんど家から出さないんです」

「ふぅん」

「ふぅんて旦那、興味がなくなっちまったような返事をしねぇでくださいよ」

「まあ、おれが出るまでもないだろう。じゃあな」

「あれ、ほんとに、ほっといて帰られるので？」

「よそ様の家のことだ。お前も熱くなるな」

五味はなんでもなさそうに言ってその場を離れた。そして、辻《つじ》を右に曲がったとこ

ろで走り、急いで佐吉に知らせ、共に信平のもとへ走った。

「殿、奥村を捕らえますか」

進言した佐吉に返答をする前に、善衛門が口を開いた。

「武家の仇討ちに関わるのはよろしくない。仇を追う者に、五味が教えてやればすむことじゃ」

信平が正面に顔を向けると、座していた五味が背中を丸めて、ぼそりと言う。

「見つけなければよかったと思っています。間男したとなると、母親も討たれるのでしょう。一人残される幼い秋太郎が気がかりです」

善衛門が厳しい顔を向ける。

「子に罪はないが、間男をされたほうの身になってみよ。討たねば、御家の名が廃《すた》るのじゃぞ」

「分かっていますがね、秋太郎は可愛い子なのですよ。親を亡くして、先はどうなるのですかね」

「そんなに心配ならば、殿が朋を引き取られたように、おぬしが育ててやれ」

善衛門に言われた五味は、ため息をついた。

「身を固める前に子持ちですか。お初殿が許してくれるなら、それでも構いませんが」

どさくさに紛れて言う五味だが、下座に控えているお初はいやな顔をしないどころか、

「そんなに可愛い子なの」

こう訊かれて、五味ははっとした顔で振り向き、何度もうなずいた。

「躾《しつけ》もよくされていて、幼いのに礼儀正しいのです。そこがまた、可愛いのですよ」

お初は、そう、と答えて、目を伏せた。

それ以上は何も言わぬお初を、五味はじっと見ている。

「親を失うのは、可哀そうだな」

ぼそりとこぼした信平の言葉に、誰もが沈黙する。

五味から救いを求める顔を向けられて、信平はこう返した。

「此度《こたび》の件は、麿にはどうすることもできぬ」

「ですよね」

五味はあきらめるしかなかった。

一人で西条家の江戸屋敷に向かった五味は、表門から続いている長屋塀の一画にある部屋に通され、そこで対面した鳥谷に知らせた。

「やはり、鷹司様の町に潜んでおりましたか。五味殿には、お手を煩わせて申しわけありませんでした」

両手をついて感謝する鳥谷に、五味は案じて問う。

「どうされるおつもりですか」

頭を上げた鳥谷は、神妙に応じた。

「兄の仇を必ず討ちます」

「子はどうされる」

鳥谷は、鋭い目を五味に向けた。

「間男のけがれた血が流れる子ではありますが、命までは取りませぬ。連れて国へ戻る途中で、縁もゆかりもない寺にでも預けます」

五味は身を乗り出した。

「子に罪はないのだから、目の前で親を討たないでやってください」

「承知いたしました。町を血で汚さぬことも、お約束します」

これ以上は話すことがないとばかりに、鳥谷は先に立ち上がって頭を下げた。

五味は訊いた。

「いつ、行くのですか」

「御家老と相談のうえまいりますゆえ今は言えませぬが、その時がくればお知らせします」

奥村に感づかれるのを恐れているのだと考えた五味は、

「くれぐれも、頼みます」

そう念を押して、信平の屋敷に戻った。

四

五味を見送った鳥谷は、国家老の草加《くさか》良純《よしずみ》のもとへ急いだ。

国許から藩主に随伴して入府していた草加は、

「わしが江戸におるあいだに、見事仇討ちを果たせ。共に、国へ帰ろうぞ」

と、何かと鳥谷の力になってくれていた。

これまでも、仇討ちの旅にかかる路銀もすべて出してくれていた草加は、亡き父の幼馴染《おさななじみ》で、親も同然に接してくれる、頼れる人物なのだ。

その草加が使っている離れに行った鳥谷は、廊下を急ぎ、部屋の前で片膝をついた。

「御家老、鳥谷にございます」

「入れ」

「はは」

障子を開けると、頼れる先輩がいた。

「橋本《はしもと》殿」

頭を下げた鳥谷に、橋本は白い歯を見せて応じる。

「近くで旨い饅頭《まんじゆう》を見つけたからの、御家老に召し上がっていただこうと思い寄らせてもらったのだ」

「お前もひとつ食え」

差し出した草加に、鳥谷は受け取って告げる。

「先ほど町方与力がまいりました。憎き奥村源八郎と真苗は、やはり鷹司町で暮らしております」

草加は橋本と顔を見合わせ、鳥谷に嬉しそうに告げる。

「やはりおったか。鷹司様のお考えを与力は教えてくれたか」

「はい。仇討ちについては、関わらぬとおっしゃったそうです。ただし、町中で討つのはならぬのと、子供を生かすよう念押しされました」

「中に入るのを許されただけで十分じゃ。お前一人では、捕らえて連れ出すのは難しかろう。橋本、甲田《こうだ》と二人で手伝ってやれ」

「承知いたしました」

鳥谷は驚いた。

「助太刀していただけるのですか」

橋本は莞爾とした笑みでうなずいた。

「他ならぬお前のためであるし、兄上には可愛がっていただいた恩もある。甲田とて、同じ気持ちだ」

目頭が熱くなった鳥谷は、頭を下げた。

草加が、齢五十《よわい》の渋面で告げる。

「今すぐにでも行きたいだろうが、ここは慎重に動かねば、気付かれてしまう恐れがある。奥村の暮らしについて、与力は何か教えてくれたか」

「町家の灰を集めて百姓に売るのを生業《なりわい》にしているそうで、長屋を空けることが多いと聞きました」

「では、町から出るのだな。人気がない場所で討つのはどうか」

鳥谷が返答をする前に、橋本が応じた。

「それがよろしいかと存じます」

草加からどうかと問われた鳥谷は、助太刀をしてくれる橋本の考えに従った。

翌日、三人で鷹司町に向かった鳥谷は、表門が開けられるのを待って中に入り、五味が教えてくれた椿長屋の木戸が見える場所に潜み、憎き仇が出てくるのを待った。

だが、いつまで経っても奥村は出てこない。

「たまに帰ってきたなら、今日は仕事を休む気か」

甲田が言うので、鳥谷は部屋の様子を見に行こうとしたのだが、橋本に止められた。

「居場所が分かったのだ。ここは焦るな」

さらに一刻が過ぎて、隣の部屋から幼い娘が出てきて奥村の部屋に入っていったが、憎き源八郎も、兄を裏切った真苗すらも出てこない。

昼になり、さすがに周囲の者が気にしはじめたのに気付いた橋本が、鳥谷の肩をたたいた。

「場所を変えたほうがよさそうだぞ。ここで気付かれて逃げられれば、二度と会えぬかもしれぬ」

鳥谷は応じて、表門から出てくるのを見張ることにした。

待ち人が現れたのは、それから一刻が過ぎた時だった。

「あのふてぶてしい顔は、間違いない」

橋本に言われて分かった鳥谷は、逸《はや》る気持ちを抑えて跡をつけようとしたのだが、またしても、橋本に止められた。

「見ろ。奴は一人じゃない」

奥村が急ぎ足で向かった先には、灰を集める仲間だろうか、荷車の周囲に十人もの男たちがいた。それも、真っ当な暮らしをしているとは思えない者たちばかりで、腕っぷしも強そうだ。

「厄介だな」

早くも躊躇う橋本に、鳥谷は告げる。

「仇討ちだと告げれば、邪魔はしないはずです」

「しかしな、御家老から、将軍家のお膝元ゆえ、なるべく騒ぎにならぬようにと言われているのだ。御公儀の耳に入らぬようにするには、あの者たちも斬らねばならなくなる」

「そんな……」

「それに、逃げた者の口から真苗に伝わるのも厄介だ。ここはやはり、二人が一緒にいる時を狙ったほうがよい。一旦戻って、策を練りなおそう」

「奴はすぐそこにいるのに……」

「焦りは禁物だ。甲田」

「はい」

「お前は顔を知られていないから、奴の行動を探れ。長屋に戻ったら、すぐに知らせるように」

「承知しました」

甲田は頭を下げ、奥村を追っていった。

鳥谷は納得がいかなかったが、橋本に諭されて、仕方なく藩邸に引き上げた。

五

「お姉ちゃん、秋太郎がおなかをすかせて泣いてるよ」

恵代に言われるまでもなく、美月は隣から聞こえる泣き声に耳を塞ぐ気持ちでお粥を食べていたのだが、いたたまれなくなって箸を置いた。

父親は昨日出ていったきり戻ってきた気配がないのを知っている美月は、ため息をついた。

「子供を置いて、どこで何してるのかしら」

恵代が大人びた言い方をするものだから、美月は驚いて見た。

恵代は憤懣《ふんまん》やるかたないといった様子で、両手を腰に置いて肘を張っている。

「おばさんがそういう言い方をしていたの？」

「違うよ。向かいのおばあちゃんだよ。あ、おばあちゃんにもらったお饅頭忘れてた。お姉ちゃん、秋太郎にあげてもいい？」

明日食べると言っていたのだし、甘い物を忘れるはずもないだろうが、許しを得るためにわざとそう言っているのだと察した美月は、恵代の優しさに応えた。

「いいわよ」

さっそく恵代が持って行くと、隣が静かになった。喜ぶ秋太郎の声と、おくめが礼を言う声がして程なく、恵代が戻ってきた。

「いいことをしたわね」

美月に褒められ、恵代は鼻の穴を膨《ふく》らませてうんと言い、残りの粥を食べはじめた。

漬物を分けてやり、粥を食べ終えた美月は、明日は饅頭屋に奉公できないか行ってみようと決めて片づけをはじめた。

恵代と同じ布団で眠り、翌朝は早く出かけた。路地を木戸門に向かって歩いていると、椿の木に隠れる人がいたので気になって見た。すると、太い幹の向こうに、地味な色合いの袖が見えた。祟りがある椿に何かする気なのだろうかと思い立ち止まっていると、その者は幹から顔を出した。

美月は驚いた。

「秋太郎ちゃん、そこで何してるの？」

秋太郎は両手を広げて、にっこりとした。こういう顔をする時は、悪さをしているのだとおくめから聞いていた美月は、椿の種を持っているのを見て歩み寄り、抱きしめた。

「わたしが拾うのを見ていたの？」

「恵代お姉ちゃんが、椿の種が米になったたって言った」

真に受けて拾っていたのだと分かった美月は、秋太郎の顔を見た。

「おなかがすいてるのね？」

「おっかさんは買い物に行けないから」

「知ってる」

理由は知らないが、長屋から出ようとしない母親に、美月は腹が立った。

「お姉ちゃんが種を売ってくるから、いい子で待っていなさい」

たまに帰った父親は、食べる物も置いて行かなかったのだと思うと、秋太郎が可哀そうでたまらない。

母親に文句を言いたくなった美月は、秋太郎の手を引いて連れて帰った。

「おばさん、食べる物は何もないんですか」

横になっていたおくめが起き上がり、美月に申しわけなさそうな顔をした。蠟燭のような顔色をしていると思った美月は、文句を言う気が失《う》せた。

「どこか具合が悪いんですか」

「ごめんね。心配かけて」

おくめは、米はあると言って立ち上がろうとしたのだが、咳き込んだ。

美月は秋太郎を自分の部屋に連れて戻り、恵代に預けておくめのもとへ急いだ。

「大丈夫、ただの風邪だから」

「無理をしたらだめです。わたしがお粥を作りますから、横になっていてください」

美月はおくめを寝させると、炊事場に立った。

米櫃の蓋を開けると、真っ白な米がいっぱいだった。おじさんが持って帰ったのだと思った美月は、自分の父親が米を担いで帰った時の姿が目に浮かび、秋太郎がちょっぴり羨ましくなった。悲しくなる気持ちを紛らわすために、おくめに声をかける。

「何か食べたい物があったら、買いに行ってきましょうか」

「甘えていいかしら」

「はい」

美月がそばに行くと、おくめは高枕の引き出しから巾着を取り出し、それごと渡した。

「おじさんがお金を置いていったから、おばさん、甘い物が食べたくなったの。飴を三袋と、お餅をたくさん買ってきてちょうだい」

「飴三袋とお餅ですね。お餅は、何個いりますか」

「そうね、二十個にしようかしら」

応じた美月は、急いで買いに出た。

路地を走っていたせいで、木戸門から出た時に人とぶつかりそうになり、慌てて頭を下げた。

った。

「ごめんなさい」

あやまっても何も言わない男は、路地のほうを見ると人目を避けるように去っていった。

美月が路地を見ると、三助がこちらに歩いてきていた。

急いでいる美月は町に行こうとしたのだが、先ほどの男が別の路地にいるのが見えた。椿長屋の誰かが出てくるのを待っているのかと思ったが、借金取りから逃げている者は珍しくないため、美月は気にせず買い物に向かった。

言われたとおり、飴と餅を手に入れて帰った美月は、おくめに渡してお粥をこしらえた。

梅干しを添えて出すと、おくめは喜んで食べ、美月に微笑む。

「おかげで生き返ったようだわ。ありがとうね」

「いいんです。秋太郎ちゃんがおなかをすかせているから、連れて来ますね」

「風邪がうつるといけないから、今日一日だけ、預かってくれないかしら」

「ええ、喜んで」

「それじゃ、これをみんなでお食べなさい」

買ってきたばかりの飴と餅をすべて差し出されて、美月は驚いた。

「でもこれ……」

「いいのよ。渡すつもりで頼んだのだから。遠慮しないで受け取ってちょうだい」

美月は、秋太郎をほったらかしたと悪く思ったことを後悔した。

「ごめんなさい」

「どうしてあやまるのよ。さ、持ってお帰りなさい」

促された美月は素直に応じて、飴と餅を受け取って帰った。

飴を喜ぶ秋太郎に目を細めた美月は、恵代が餅を見て寂しそうな顔をしているのに気付いた。

「恵代、どうしたの？」

「おっかさんに、食べさせてあげたいと思って」

確かに餅は、母の好物だ。

美月は恵代を抱きしめ、

「飴食べよう」

紙袋から一粒取って口に入れてやると、恵代は甘いと言って微笑んだ。

母を思い出しても泣かなかった恵代の成長を感じた美月は、明日こそは饅頭屋に雇ってもらいに行こうと自分に言い聞かせ、この日は秋太郎の面倒をみた。

夕方になって、隣から男の声がしてきた。

秋太郎はすぐに、おとっつぁんだ、と言って帰ろうとしたので、美月は手を引いて隣を訪ねた。

すると、やはり父親が帰っており、風邪をひいたおくめのそばに座っていた。

「おとっつぁん」

喜んで駆け寄る秋太郎を抱いた父親が、戸口に顔を向けた。

「美月ちゃん、ごめんよ。すっかり世話になったね」

「いえ、こちらこそ、飴とお餅をいただきました」

「世話になったんだから当然さ。これからも、仲よくしてやってくれな」

「はい。それじゃ、また」

「秋太郎、さようならは」

父親に促されて、秋太郎はお辞儀をした。

美月は微笑んで頭を下げ、部屋に戻って夕餉の支度をした。

秋太郎が帰ったのを恵代は残念がったが、また明日遊べるでしょと言って、二人で餅を食べた。

六

姉妹だけで暮らしている部屋の明かりが消えた。

月光が届かぬ場所に潜んでいた鳥谷は、橋本と甲田の息遣いを背後に感じながら、憎き仇の部屋の明かりが消えるのを待った。

「明かりが消えても焦るな。寝入りばなに踏み込む」

橋本にうなずいた鳥谷は、程なく明かりが消えても逸る気持ちを抑えた。そして、四半刻ほどして路地に入り、忍び足で戸の前に立つと、甲田がちょうちんに火を灯《とも》すのを待ち、一気に蹴り破った。

踏み入った鳥谷の目に、慌てて起き上がる男女が見え、女が子供を抱き上げた。

鳥谷は、大声で何かを叫んだ男に飛びかかり、首に腕を巻き付けて動きを封じて告げる。

「奥村源八郎、ここまでだ」

首を絞められて声が出せぬ奥村は腕を解こうとしたが、鳥谷は力をゆるめない。もがいていた奥村は、身体から力が抜けて腕がだらりと下がった。気絶したところで腕を離した鳥谷は、恐怖に目を見開いている女に顔を向けた。見紛《みまが》うはずもない兄嫁に、鳥谷は恨みをぶつける。

「真苗殿、兄と家来の無念を晴らす。覚悟されよ」

「真之介殿、話を聞いて」

「黙れ！」

怒鳴ったのは橋本だ。

声に驚いた秋太郎が泣き、真苗は橋本に腕をつかまれ、秋太郎を抱いたまま外に連れ出された。

甲田が上がってきて、鳥谷を手伝って奥村を縛ろうとした時、かっと目を開けた奥村が甲田を蹴り飛ばして外に出た。

「待て！」

鳥谷が刀を抜いて外に出ると、橋本が真苗に刃物を向け、奥村を脅していた。

隣の戸が開けられたのはその時だ。

真苗が叫ぶ。

「美月ちゃん、出てきたらだめ！」

刀を持っている鳥谷を目の前にした美月が、大声で叫ぶ。

「人殺し！」

声に応じて出てきた長屋の連中が、路地の状況に驚き、たちまち騒ぎになった。

鳥谷は皆に告げる。

「これは兄の仇討ちだ。武家の邪魔をするな！　下がれ！」

奥村が叫ぶ。

「真之介殿落ち着いて聞いてくれ！　この者たちは……」

そこまで言ったところで、奥村の喉から刀の切っ先が突き出た。背後にいた橋本がやったのだ。

奥村は倒れ、両手で喉を押さえて苦しんでいたが、鳥谷に何か訴える目を向けたまま息絶えた。

鳥谷が愕然として、怒りの顔を上げた。

「橋本殿、どうして斬ったのです！」

橋本は答えず、真苗も斬ろうと刀を振り上げた。

「やめろ！」

体当たりをして止めた鳥谷は、真苗と秋太郎をかばって橋本に問う。

「奥村が何を言おうとしたか知っていて、口を封じたのですか」

「何を言う。おぬしがもたもたしておるから、逃がさぬために助太刀をしただけだ。今すぐその女を斬って、兄の無念を晴らせ」

「違います真之介様……」

「騙されるな！」

橋本が怒鳴った。

「その女狐《めぎつね》は平気で嘘をつくぞ。聞く耳を持ったお前の兄は、隙を突かれて殺されたのだ。同じ目に遭わされるぞ」

鳥谷は躊躇った。

すると橋本は、ええい、と苛立《いらだ》ちの声をあげて迫りくる。

「お待ちください」

鳥谷が言ったが、橋本は無言の気合をかけて真苗に斬りかかった。

鳥谷はかばって受け止めた。

「ここでは血を流さぬという約束です」

叫んで押し返したところを狙い、甲田が横手から、鳥谷に斬りかかってきた。

驚いた鳥谷は刀で受け止め、咄嗟《とっさ》に腹を蹴って離し、刀を向けて対峙した。

「わたしも斬ろうとするとは、どういうつもりですか」

問うても二人は答えず、殺気に満ちている。

甲田が気合をかけて迫り、鳥谷も前に出た。

激しく刀をぶつけ合う侍たちを見ていた三助が、背後を抜けて美月に駆け寄り、今のうちに逃げろと言った。

応じた美月は、真苗と秋太郎を自分の部屋に入れて戸を閉め、心張棒をかけて裏から逃げた。

共に外に出た三助が言う。

「お代官に助けてもらおう。こっちだ」

美月が応じて、三人と手を繋いで表の通りに出た。

「三助、どうした」

三助が止まって顔を向ける先には、大きな人影があった。

「お代官様？」

「おう、江島だ」

月明かりに浮かんだ佐吉を見た三助が、

「助かったぜ」

そう言うと、お代官様、と叫んで駆け寄った。

佐吉の後ろに続いていた信平は、三助の口から、仇討ちに来た侍が味方同士で斬り合っていると聞くなり長屋に走った。

律儀な鳥谷から、今夜捕らえるとの知らせを受けていた信平は、仇討ちに関わらずとも、成り行きを見届けるために来ていたのだ。

路地に入ると、長屋の板壁に追い詰められていた鳥谷は、左腕から血を流し、右手のみで刀を相手に向けていた。

長屋の連中は、遠く離れて見ている。

路地に入った信平に気付いた橋本は目を見張り、鳥谷に斬りかからんと刀を振り上げた。その右肩に、信平が投げ打った小柄が突き刺さった。

橋本が呻くのを見た甲田が、信平に迫る。

走りながら狐丸を抜いた信平は、刀を振り上げた甲田の懐に飛び、胸を峰打ちした。

飛ばされた甲田が、部屋の前に重ねられていた竹籠に背中から当たって崩れ落ち、路地に転がって仰向けになった時には、気絶していた。

信平の剣技を初めて見た橋本は、その凄《すさ》まじさに目を大きく見開いて立ち竦《すく》んだ。

信平が厳しい目を向けると、橋本は路地の奥に逃げようとしたが、長屋の連中が竹竿を向けて大声をあげ、近づけないよう威嚇した。

橋本は刀を振り、どけと怒鳴ったが、長屋の連中は力を合わせて竹竿を突き、押し返す。

焦った橋本は、信平に斬りかかる度胸もなく躊躇っていると、

「やっちまえ！」

誰かがあげた大声に応じた長屋の連中に襲われた。

刀をたたき落とされ、袋だたきにされた橋本は、佐吉が止めた時には顔が痣だらけになり、気を失っていた。

長屋の連中が興奮冷めやらぬ中、三助に連れられて戻った真苗が、奥村の骸にしがみつき、

「申しわけありませぬ」

こう言って号泣した。

長屋の連中が落ち着いたところで、信平は奥村の骸と共に、皆を佐吉の屋敷に連れて行くよう指図した。

美月が秋太郎を心配して、妹の手を引いて付いてきた。

まだ気を失っている橋本と甲田を閉じ込めさせた信平は、表の座敷に上がり、庭でひざまずく鳥谷と真苗に向いて座し、声をかけた。

「真苗殿、奥村殿と国を出たのは、深い事情があるのではないか」

真苗は、うつむいて口を開かぬ。

佐吉が真苗のそばに行き、信平の身分を告げた。

驚く真苗に、佐吉が付け加える。

「殿は必ず力になってくださるから、打ち明けてみてはどうか」

すると真苗は、神妙な顔を信平に向けて頭を下げ、横に座している鳥谷に訴えた。

「真之介殿、鷹司松平様が捕らえてくださった橋本源内《げんない》こそが、夫の仇です」

鳥谷は目を見張った。

「それは、どういうことですか」

真苗は信平に向き、四年前のことを話した。

それによると、国許の鳥谷家に押し込んできた橋本に夫と家来が斬られて命を落とした時、真苗も死を覚悟したのだが、奥村が助けに来てくれたのだという。

当時草加の配下だった夫の栄進《えいしん》は、草加と結託した重臣たちの不正を暴こうとしていたのだが、それを知られてしまい、刺客の橋本に襲われていたのだ。

同輩だった奥村は、重臣たちの不正を暴こうとする栄進の命を心配して、もうやめるよう説得しに来たのだが、一足遅く、助けることができなかった。

国許にいたのでは、真苗も殺されると思った奥村は、いつか友の無念を晴らすと決めて、真苗の手を取って出奔し、江戸に潜伏してその機会をうかがっていたのだ。

そこまで告げた真苗は、鳥谷に顔を向けた。

「国許では、奥村殿が夫と家来を殺し、わたくしと逃げたことになっているのを知っていました」

悲痛な面持ちでそう言った真苗に、真之介は問うた。

「にわかには信じられぬ。二人には、秋太郎がいるからです」

「違います」

「何が違うのですか。逃げているあいだに情が移り、子を授かったとでも言うのですか」

真苗は涙を流して、首を横に振る。

「秋太郎は、栄進殿とのあいだに授かった子です」

兄の忘れ形見だと知った真之介は、守ってくれた奥村を仇と信じて疑わなかった己を責め、骸のそばに行って平伏し、詫びて号泣した。そして、恨みに満ちた顔を上げ、真苗に向いた。

「草加を討ち、兄と奥村殿の無念を晴らします」

信平は、頭を下げて行こうとした鳥谷を止めた。

「助太刀いたそう」

驚き恐縮する鳥谷に、信平は座敷に上がるよう促し、真苗には、別室にいる子供たちのもとへ行くよう告げた。

七

意識を取り戻した橋本は、小さな祠《ほこら》を見て、ここが神社だと分かって身を起こした。隣で気絶している甲田の頬をたたいて声をかける。

「おい、起きろ。おい！」

顔を歪めた甲田は目を開けるとはっとなり、起きようとして胸の痛みに呻いた。

「ここはどこだ」

橋本は、狐にでも化かされたような気分になったのか、頭を手の平で打って振り、あたりを見回しながら杜《もり》に囲まれた参道を歩き、鳥居の外に出た。

遠くに江戸の町を望める道に立った橋本は、甲田に急げと言い、藩邸に帰った。

待っていた家老の草加が廊下に出てきて、庭で片膝をつく二人を見下ろした。

「うまくいったのであろうな」

厳しい顔で問われた橋本は、より頭を下げて告げた。

「奥村は息の根を止めましたが、真苗と真之介は、鷹司松平様に阻まれました」

「何！」

草加は絶句し、舌打ちをして二人を睨んだ。

「のこのこ帰りおって、この役立たずが！」

庭に下りた草加は、怒りにまかせて橋本を蹴り、甲田を殴った。

橋本が地べたに這いつくばった。

「お許しください」

「黙れ！」

気がすむまで殴る蹴るを繰り返した草加は、息を切らせて廊下に上がり、平身低頭している橋本と甲田に告げた。

「わしは国に戻る。橋本、鳥谷栄進を斬ったのは貴様の怨恨だ。わしは一切関わっておらぬ。よいな」

「はは」

「国におる貴様の親兄弟の面倒は、わしが生涯見てやる。だが、裏切れば命はないものと思え」

「承知しました。どうか、母と弟だけは、お頼み申します」

「うむ。甲田、すぐに支度をせい」

応じて去ろうとした甲田が、庭の暗がりで呻き声をあげて後ずさり、仰向けに倒れた。

「何ごとじゃ」

庭に目を向ける草加と橋本の前に藩主の西条が現れ、その後ろから、白い狩衣姿の信平が来た。

「草加！　そのほうの悪事もこれまでじゃ。そこへなおれ！」

激高したあるじに言われた草加は、庭に下りる気力も失せた様子で廊下にへたり込むと、

「もはや、これまでか」

言うなり脇差を抜き、己の腹に切っ先を向けた。

信平は廊下に飛び上がり、自ら腹を突こうとした草加の手首をつかんで止め、刃物をたたき落とした。

悔しげな顔を向けた草加に、信平は厳しく告げる。

「腹を斬るのは、悪事をすべて明かしてからにいたせ」

「草加！　余の沙汰を待て！」

藩主に怒鳴られた草加は、辛そうに目を閉じ、観念してうな垂れた。

橋本は悪あがきをした。刀を抜き、藩主に向けて振りかざして斬りかかろうとするも、剣の腕に覚えがある西条は引いてかわし、鉄扇《てっせん》で頭を打った。

呻いてよろけた橋本を見て、西条が声を張り上げた。

「真之介、今じゃ、兄の仇を討て！」

即座に応じた鳥谷は、刀を向けた。

「覚悟！」

袈裟斬りに打ち下ろされた橋本は、呻いてうつ伏せに倒れ、目を開けたまま絶命した。

「見事じゃ真之介。そのほうは今より、余のそばに仕えよ」

西条に褒められた鳥谷は、刀を背後に隠して片膝をついた。

「兄に代わって、忠義を尽くしまする」

「うむ」

「殿にお願いがございます」

「申せ」

「兄が残した家族の面倒を見とうございます」

西条は微笑んだ。

「真苗と秋太郎のことは、信平殿から聞いておる。国許には戻り辛かろうゆえ、江戸屋敷で共に暮らすがよい。そのほうには、相応の組屋敷を与える」

「かたじけのうございます」

家来に草加を引っ立てさせた西条は、改めて信平に頭を下げた。

「信平殿、此度は世話になりました」

「麿は、何も力になれませんでしたから、どうかお気になさらず」

信平の気遣いに触れた西条は、親しみを持った笑みを浮かべた。

信平は藩邸を辞し、鳥谷と共に佐吉の屋敷に戻った。

共に暮らしたいと願う鳥谷の気持ちを聞いた真苗は、秋太郎のためを思い、申し出を受けた。

安堵した鳥谷は、信平に礼を言い、連れて帰ろうとしたのだが、真苗が信平に頭を下げて訴えた。美月と恵代のことだ。

両親を亡くし、姉妹二人だけで暮らしていると言われた信平は、椿の種を売って食い繋いでいると聞いて気の毒に思い、心配する真苗に応じた。

「あい分かった。悪いようにはせぬゆえ、安心してゆくがよい」

真苗は深々と頭を下げ、涙を流した。

翌日、信平が五味と佐吉と共に椿長屋に行くと、荷物をまとめた鳥谷と真苗が、秋太郎を連れて部屋を出るところだった。

見送る長屋の連中が、

「幸せになりなよ」

「またいつでも遊びに来ておくれ」

思い思いの声をかけている。

信平は、泣いて見送っていた美月と恵代に歩み寄り、声をかけた。

「美月か」

美月は緊張した面持ちで、はいと答えた。

先ほどまで泣いていたのに、満面の笑みを浮かべて人見知りしない恵代に、信平は微笑み返して、美月に告げる。

「仕事を探していると聞いた。妹と二人で、磨の屋敷に来ぬか」

すると美月は、首を横に振った。

「磨の屋敷では不服か」

「違います。父と母と暮らしたこの部屋から、離れたくないんです」

美月がそう言うと、恵代が続いた。

「おとっつぁんとおっかさんが時々夢に出てきて笑ってくれるから、ここにいます」

しゃがんだ信平は、恵代の頭をなでてやった。

「そうか。では、離れたくないな」

「うん」

「泣かせるなぁ」

五味が言って鼻をすすり、佐吉も目を赤くしている。

並んで路地を塞いでいた五味と佐吉を分けて歩み出たのは、久恵だ。

「女将、いたのか」

言った五味に振り向いた久恵が、ええ、と答えて、信平と美月たちのそばに来た。

「今の話、聞かせてもらいましたよ。美月ちゃんを休楽庵で引き受けましょう」

信平は美月に問う。

「女将がそう言ってくれているが、どうじゃ」

「何をすれば……」

不安そうな美月に、久恵が真面目な顔で告げる。

「美月ちゃんの噂を聞いて感心していたの。あなたは骨があるから、将来きっと独り立ちできるわ。その気があるなら、一から料理を教えるけどどうかしら」

「長屋から通えますか」

「もちろんよ。けどひとつ言っておく。朝は早いわよ」

美月は明るい顔になって応じた。

「やります。やらせてください！」

「元気が良くてよろしい」

久恵はそう言って笑い、信平に頭を下げた。

「では、そういうことで」

「うむ。よしなに頼む」

「美月ちゃん、良かったな」

三助が、自分のことのように喜んで声をかけた。その袖を引いた五味が、椿を見上げて言う。

「どうやらこの椿は、祟りじゃなく幸運をもたらすようだな」

すると三助は、おこぼれをちょうだい、と言って、落ちていた種を拾おうとして呻き、屈《かが》んだまま動かなくなった。

五味が心配した。

「おいどうした」

「旦那、腰、腰……」

腰を痛めた三助は泣きっ面で訴えた。

「椿の祟りですよ」

「馬鹿、お前のは遊び過ぎの祟りだからこうすれば治る」

五味が無理やり起こして腰をたたいたものだから、三助は悲鳴をあげた。

「旦那、何するんですか。あ、痛くないや」

二人のやり取りを見て美月が笑い、恵代もつられて笑った。

姉妹の明るさに目を細めていた信平は、鷹司町に暮らす者たちの安寧を願い、町の発展のためにこれからすべきことを思案した。

本書は講談社文庫のために書下ろされました。

|著者|佐々木裕一　1967年広島県生まれ、広島県在住。2010年に時代小説デビュー。「公家武者　信平」シリーズ、「浪人若さま新見左近」シリーズのほか、「若返り同心　如月源十郎」シリーズ、「身代わり若殿」シリーズ、「若旦那隠密」シリーズなど、痛快かつ人情味あふれるエンタテインメント時代小説を次々に発表している時代作家。本作は公家出身の侍・松平信平が主人公の大人気シリーズ、第13弾。

姉妹《しまい》の絆《きずな》　公家武者《くげむしや》 信平《のぶひら》(十三)
佐々木裕一《ささきゆういち》

講談社文庫
定価はカバーに
表示してあります

2022年９月15日第１刷発行

KODANSHA

発行者──鈴木章一
発行所──株式会社　講談社
東京都文京区音羽2-12-21　〒112-8001
電話　出版　(03)　5395-3510
　　　販売　(03)　5395-5817
　　　業務　(03)　5395-3615

Printed in Japan

デザイン──菊地信義
本文データ制作─講談社デジタル製作
印刷───中央精版印刷株式会社
製本───中央精版印刷株式会社

ISBN978-4-06-528249-6

講談社文庫刊行の辞

二十一世紀の到来を目睫に望みながら、われわれはいま、人類史上かつて例を見ない巨大な転換期をむかえようとしている。

世界も、日本も、激動の予兆に対する期待とおののきを内に蔵して、未知の時代に歩み入ろうとしている。このときにあたり、創業の人野間清治の「ナショナル・エデュケイター」への志を現代に甦らせようと意図して、われわれはここに古今の文芸作品はいうまでもなく、ひろく人文・社会・自然の諸科学から東西の名著を網羅する、新しい綜合文庫の発刊を決意した。

激動の転換期はまた断絶の時代である。われわれは戦後二十五年間の出版文化のありかたへの深い反省をこめて、この断絶の時代にあえて人間的な持続を求めようとする。いたずらに浮薄な商業主義のあだ花を追い求めることなく、長期にわたって良書に生命をあたえようとつとめるところにしか、今後の出版文化の真の繁栄はあり得ないと信じるからである。

同時にわれわれはこの綜合文庫の刊行を通じて、人文・社会・自然の諸科学が、結局人間の学にほかならないことを立証しようと願っている。かつて知識とは、「汝自身を知る」ことにつきていた。現代社会の瑣末な情報の氾濫のなかから、力強い知識の源泉を掘り起し、技術文明のただなかに、生きた人間の姿を復活させること。それこそわれわれの切なる希求である。

われわれは権威に盲従せず、俗流に媚びることなく、渾然一体となって日本の「草の根」をかたちづくる若く新しい世代の人々に、心をこめてこの新しい綜合文庫をおくり届けたい。それは知識の泉であるとともに感受性のふるさとであり、もっとも有機的に組織され、社会に開かれた万人のための大学をめざしている。大方の支援と協力を衷心より切望してやまない。

一九七一年七月

野間省一

講談社文庫 最新刊

篠原美季 古都妖異譚 〈玉手箱～シール オブ ザ ゴッデス～〉
その店に眠っているのはいわくつきの骨董品《こっとうひん》ばかり。スピリチュアル・ファンタジー！

武内　涼 謀聖 尼子経久伝 〈瑞雲の章〉
山陰に覇を唱えんとする経久に、終生の敵が立ちはだかる。「国盗り」歴史巨編第三弾！

丹羽宇一郎 民主化する中国 〈習近平がいま本当に考えていること〉
日中国交正常化五十周年を迎え、巨大化した中国と、われわれはどう向き合うべきなのか。

平山夢明 宇佐美まこと ほか 超怖い物件
土地に張り付いた怨念は消えない。実力派作家による、「最恐」の物件怪談オムニバス。

谷口雅美 殿、恐れながらリモートでござる
仮病で江戸城に現れない殿様を引っ張り出せ。痛快凄腕コンサル時代劇！〈文庫書下ろし〉

嶺里俊介 だいたい本当の奇妙な話
創作なのか実体験なのか。頭から離れなくなる怖くて不思議な物語11話を収めた短編集！

横関　大 誘拐屋のエチケット
無口なベテランとお人好しの新人。犯罪から生まれた凸凹《でこぼこ》バディが最後に奇跡を起こす！

赤神　諒 立花三将伝
立花宗茂の本拠・筑前には、歴史に埋もれた感動の青春群像劇があった。傑作歴史長編！

崔《チェ》　実《シル》 pray《プレイ》 human《ヒューマン》
注目の新鋭が、傷ついた魂の再生を描く圧倒的感動作。第33回三島由紀夫賞候補作。

講談社文芸文庫

堀江敏幸

子午線を求めて

敬愛する詩人ジャック・レダの文章に導かれて、パリ子午線の痕跡をたどりながら、「私」は街をさまよい歩く。作家としての原点を映し出す、初期傑作散文集。

解説＝野崎 歓　年譜＝著者

ほＦ１

978-4-06-516839-4

堀江敏幸

書かれる手

デビュー作となったユルスナール論に始まる思索の軌跡。「本質に触れそうで触れない漸近線への憧憬を失わない書き手」として私淑する作家たちを描く散文集。

解説＝朝吹真理子　年譜＝著者

ほＦ２

978-4-06-529091-0

講談社文庫　目録

斉藤　洋　ルドルフとイッパイアッテナ
斉藤　洋　ルドルフともだちひとりだち
佐々木裕一　公家武者　信平《のぶひら》〈消えた狐丸〉
佐々木裕一　逃げた名馬〈公家武者 信平(二)〉
佐々木裕一　比叡山の鬼〈公家武者 信平(三)〉
佐々木裕一　公《く》卿《ぎょう》の罠《わな》〈公家武者 信平(四)〉
佐々木裕一　狙われた旗本〈公家武者 信平(五)〉
佐々木裕一　赤い刀身〈公家武者 信平(六)〉
佐々木裕一　帝《みかど》の刀《とう》匠《しょう》〈公家武者 信平(七)〉
佐々木裕一　若君の覚悟〈公家武者 信平(八)〉
佐々木裕一　くもの頭領〈公家武者 信平(九)〉
佐々木裕一　宮中の誘い〈公家武者 信平(十)〉
佐々木裕一　雲雀《ひばり》の太刀〈公家武者 信平(十一)〉
佐々木裕一　決着の鬨《とき》〈公家武者 信平(十二)〉
佐々木裕一　狐のちょうちん〈公家武者信平ことはじめ(一)〉
佐々木裕一　姫のため息〈公家武者信平ことはじめ(二)〉
佐々木裕一　四谷の弁慶〈公家武者信平ことはじめ(三)〉
佐々木裕一　暴れ公卿〈公家武者信平ことはじめ(四)〉
佐々木裕一　千石の夢〈公家武者信平ことはじめ(五)〉

佐々木裕一　妖《あや》し火〈公家武者信平ことはじめ(六)〉
佐々木裕一　十万石の誘い〈公家武者信平ことはじめ(七)〉
佐々木裕一　黄《よ》泉《み》の女〈公家武者信平ことはじめ(八)〉
佐々木裕一　将軍の宴〈公家武者信平ことはじめ(九)〉
佐藤　究《きわむ》　Q　J　K　J　Q
佐藤　究　A　n　k..〈a mirroring ape〉
佐藤　究　サージウスの死神
佐野　晶　三田紀房・原作　小説アルキメデスの大戦
澤村伊智　恐怖小説キリカ
さいとう・たかを　戸川猪佐武 原作　歴史劇画 大宰相〈第一巻 吉田茂の闘争〉
さいとう・たかを　戸川猪佐武 原作　歴史劇画 大宰相〈第二巻 鳩山一郎の悲運〉
さいとう・たかを　戸川猪佐武 原作　歴史劇画 大宰相〈第三巻 岸信介の強腕〉
さいとう・たかを　戸川猪佐武 原作　歴史劇画 大宰相〈第四巻 池田勇人と佐藤栄作の激突〉
さいとう・たかを　戸川猪佐武 原作　歴史劇画 大宰相〈第五巻 田中角栄の革命〉
さいとう・たかを　戸川猪佐武 原作　歴史劇画 大宰相〈第六巻 三木武夫の挑戦〉
さいとう・たかを　戸川猪佐武 原作　歴史劇画 大宰相〈第七巻 福田赳夫の復讐〉
さいとう・たかを　戸川猪佐武 原作　歴史劇画 大宰相〈第八巻 大平正芳の決断〉
さいとう・たかを　戸川猪佐武 原作　歴史劇画 大宰相〈第九巻 鈴木善幸の苦悩〉
さいとう・たかを　戸川猪佐武 原作　歴史劇画 大宰相〈第十巻 中曽根康弘の野望〉

佐藤　優　人生の役に立つ聖書の名言
佐藤　優　戦時下の外交官〈ナチス・ドイツの崩壊を目撃した吉野文六〉
佐藤　優　人生のサバイバル力
斉藤詠一　到達不能極
佐々木　実　竹中平蔵 市場と権力「改革」に憑かれた経済学者の肖像
斎藤千輪　神楽坂つきみ茶屋〈禁断の盃《さかずき》と絶品江戸レシピ〉
斎藤千輪　神楽坂つきみ茶屋2〈突然のピンチと喜寿の祝い膳〉
斎藤千輪　神楽坂つきみ茶屋3〈想い人に捧げる鍋料理〉
斎藤千輪　神楽坂つきみ茶屋4〈頂上決戦の七夕料理〉
作画…蔡志忠　訳…和田武司　監修…野末陳平　マンガ 孔子の思想
作画…蔡志忠　訳…和田武司　監修…野末陳平　マンガ 老荘の思想
作画…蔡志忠　訳…和田武司　監修…野末陳平　マンガ 孫子・韓非子の思想
司馬遼太郎　新装版 播磨灘物語 全四冊
司馬遼太郎　新装版 箱根の坂(上)(中)(下)
司馬遼太郎　新装版 アームストロング砲
司馬遼太郎　新装版 歳　月(上)(下)
司馬遼太郎　新装版 おれは権現
司馬遼太郎　新装版 大　坂　侍
司馬遼太郎　新装版 北斗の人(上)(下)

真保裕一　覇王の番人(上)(下)
真保裕一　デパートへ行こう！
真保裕一　アマルフィ〈外交官シリーズ〉
真保裕一　天使の報酬〈外交官シリーズ〉
真保裕一　アンダルシア〈外交官シリーズ〉
真保裕一　ダイスをころがせ！(上)(下)
真保裕一　天魔ゆく空(上)(下)
真保裕一　ローカル線で行こう！
真保裕一　遊園地に行こう！
真保裕一　オリンピックへ行こう！
真保裕一　連鎖〈新装版〉
篠田節子　弥勒
篠田節子　転生
篠田節子　竜と流木
重松清　定年ゴジラ
重松清　半パン・デイズ
重松清　流星ワゴン
重松清　ニッポンの単身赴任
重松清　愛妻日記

重松清　青春夜明け前
重松清　カシオペアの丘で(上)(下)
重松清　永遠《とわ》を旅する者〈ロストオデッセイ 千年の夢〉
重松清　かあちゃん
重松清　十字架
重松清　峠うどん物語(上)(下)
重松清　希望ヶ丘の人びと(上)(下)
重松清　赤ヘル1975
重松清　なぎさの媚薬(上)(下)
重松清　さすらい猫ノアの伝説
重松清　ルビィ
重松清　どんまい
重松清　旧友再会
新野剛志　美しい家
新野剛志　明日の色
殊能将之　ハサミ男
殊能将之　鏡の中は日曜日
首藤瓜於　事故係生稲昇太の多感
首藤瓜於　脳男 新装版

島本理生　シルエット
島本理生　リトル・バイ・リトル
島本理生　生まれる森
島本理生　七緒のために
島本理生　夜はおしまい
小路幸也　高く遠く空へ歌ううた
小路幸也　空へ向かう花
小路幸也 原案 山田洋次 平松恵美子　家族はつらいよ
小路幸也 原作 脚本 山田洋次 平松恵美子　家族はつらいよ2
島田律子　私はもう逃げない〈自閉症の弟から教えられたこと〉
辛酸なめ子　女修行
柴崎友香　ドリーマーズ
柴崎友香　パノララ
翔田寛　誘拐児
白石一文　この胸に深々と突き刺さる矢を抜け(上)(下)
小説現代編 石田衣良他著　10分間の官能小説集
小説現代編 勝目梓他著　10分間の官能小説集2
小説現代編 乾くるみ他著　10分間の官能小説集3
柴村仁　プシュケの涙

講談社文庫　目録

講談社文庫　目録

2022年6月15日現在